Før dengang ...

NIDAL MANSOUR

Før dengang ...

© 2020 – Nidal Mansour

Forlag: Books on Demand – København, Danmark

Fremstilling: Books on Demand – Norderstedt, Tyskland

Bogen er fremstillet efter on-Demand-proces

ISBN 978-87-4301-774-5

Vækkeuret ringede kl. 05,00, den unge professor stod op og begyndte sin morgenrutine, inden han skulle møde på universitetet på sin første dag. Han startede med lidt gymnastikøvelser, derefter tog han et langt bad og spiste noget morgenmad, og alt dette skulle han nå, inden han skulle møde på arbejde kl. 08,00. Siden der ikke var så langt, fra hvor han bor til arbejde, cyklede han derover. Så skulle han ikke tænke på morgentrafikken eller en bil, der ikke ville starte. Han mødte på sit arbejde ca. 25 minutter før og skulle til at planlægge sin undervisning. Den første time skulle det handle om universet, og han begyndte med at forestille sig, hvordan han skulle starte, og hvad han skulle forklare på den rigtige måde, så han fik de unges opmærksomhed og ikke kedede dem. Han lænede sig tilbage i sin stol med begge hænder foldet bag sit hoved og tænkte. Universet var det mest uudforskede i hele menneskehedens historie. Der blev forsket og gisnet om, hvordan jorden var for mange millarder af år siden. Vi finder en lang række svar i jorden, gennem fossiler. Vi finder små rester af knogler fra skabninger, som vi ikke drømte om levede, sætter alle de små prikker i puslespillet på plads og genskaber ... "BANK, BANK". Jack blev revet ud af sin indre trance, som han havde været fortabt i. Uden opfordring fra hans side åbnede døren sig, og skolens rektor - fru Trisseltoft - kom marcherende ind med sit altid så anstrengte ansigtsudtryk. "Hvad skal jeg stille op med dig? Din ansøgning var så lovende, og du virkede, som om du havde dit hoved det rette sted!" Stadig halvt i trance begyndte hans hjerne langsomt at arbejde som en kold motor på en gammel bil, som havde stået stille alt for længe. "Hvad er klokken?" mumlede han langsomt. Han kendte svaret, for nu var det endelig blevet klart. Han fór op, maste alle papirerne ned i tasken, som var smidt på gulvet, og stormede ud af det overfyldte kontor. Han hørte fru Trisseltoft råbe bag sig, men da var han allerede langt nede ad gangen. Han åbnede døren til klasselokalet, hvor den overdøvende larm forstummede et øjeblik og derpå fortsatte med lidt mere dæmpet styrke. Jack vidste, hvor vigtigt førstehåndsindtrykket var, og de første mange i rækken var allerede ødelagt. Han stillede sig op til tavlen, rømmede sig lidt, men der skulle et par ekstra kremt til at vække opmærksomheden. Han gik i gang med den vigtige smøre, som han havde planlagt i mange uger ...

Da den første forelæsning i arkæologi var overstået, sank Jack ned på stolen. Han havde været arkæolog i meget lang tid nu, men det var nyt for ham pludselig at skulle dele ud af sin viden. Semesteret på universitet var lige startet, og han havde allerede pakket sit kontor fra gulv til loft med alt fra tegninger, paragraffer og bøger til fossiler og modeller af sit arbejde og store hobby: Juratidens uddøde dyregrupper. Han havde i over et år nu været i gang med at udarbejde en bog omhandlende disse storslåede skabninger. Han rejste sig op fra stolen. Han havde heldigvis ikke flere timer, så han kunne frit tage videre. Han var ikke i tvivl om, hvad han skulle bruge resten af eftermiddagen på. Han gik mod skolens udgang, og den varme eftermiddagsluft slog imod ham som et varmt tæppe. Han følte sig hjemme her på universitet. Her var så mange minder fra dengang, han som studerende selv havde gået her. Men det mest spændende havde allerede dengang været professorens fysiktimer, og Jack havde haft et godt forhold til ham, hvor de snakkede om alt mellem himmel og jord efter de mange besøg i professorens kontor, hvor han hjalp ham med mange af mandens opgaver. Han gik tilbage, ned ad den lille gang, hvor professorens kontor var. På døren hang et skilt med en advarselstrekant. Han bankede langsomt på med fire tydelige slag. Intet skete, så han åbnede døren langsomt. Den ældre professor sad i sin gamle lænestol med ryggen til, foroverbøjet over en masse papirer med uendeligt mange tal og ligninger anført. Professoren hørte ham omsider og drejede sin stol rundt. Hans ansigt var ved at ældes, han havde fine, dybe rynker, især over panden. Hans hår var halvlangt og gråt. Jack vidste, at han havde arbejdet på universitetet som fysiklærer i over 40 år. Lokalet, som Jack var trådt ind i, var stort, men det så bare mindre ud på grund af alle de ting, der var proppet ind gennem så mange år. Udover at undervise i fysik brugte professoren tid på at eksperimentere og opfinde ting, ingen andre havde fantasi til. "Ååh, hej Jack, jeg tænkte nok, du ville komme. Jeg har en lille overraskelse til dig." Professoren smilede bredt. "Men først vil jeg høre om din første time som lærer. Var det en udfordring? Du plejer ellers ikke at lade dig gå på af noget." Jack kiggede rundt i professorens lokale, som nærmest lignede et kontor. Han gad godt bruge en hel dag på at studere alle optegnelserne og bøgerne i lokalet. "Jeg tror ikke, jeg har det rette tag i at undervise og lære fra mig, og fru Trisseltoft er vist heller ikke særligt imponeret." Jack sukkede og sank dybere ned i stolen. Professoren smilede endnu bredere. "Åh, fru Trisseltoft elsker kloge nørder som os, det er derfor jeg har været ansat så længe. Du skal bare vinde hendes tillid. Men nok om det! Jeg har måske noget, der kan muntre dig op." Professoren vendte sig rundt og gik over til et gammelt skab, som nok engang havde været sort, men malingen var krakeleret gennem årenes løb. Han åbnede det og fumlede med noget, Jack ikke kunne se hvad var, derfra hvor han sad. Til sidst vendte professoren sig om. Han havde nu lagt sit ansigt i de velkendte folder, som fortalte, at der var noget på færde. Han kom hen til Jack og lagde en mørk, aflang æske på bordet ved hans ene side. "Åbn den," hviskede professoren, mens han holdt nøje øje med Jacks ansigtstræk. Jack tog æsken. Den var en del tungere, end han havde troet, og på størrelse med en knytnæve. Han åbnede låget og kunne ikke holde et vantro smil tilbage. Men det var først, da han havde taget genstanden, som lå i æsken, op, at det langsomt gik op for ham. De kunne umuligt være kunstige. De fire lange, gullige kløer, der var omtrent så lange som hans hånd, skinnede næsten som krystaller i den dunkle kælderbelysning. Jack var ikke i tvivl om, hvem kløerne engang havde tilhørt – Gigantosaurus, en af Juratidens største kødædende dræbere, og lidt større end den mest berømte, Tyrannosaurus. Jack sad måbende uden at bevæge en muskel. Det var professoren, som brød stilheden. "Jeg tænker nok, du kunne bruge det i din undervisning. Jeg garanterer dig for, at der ikke findes smukkere eksemplarer i hele verden, end dem du sidder med." Jack kom langsomt til sig selv. Stammende spurgte han: "Hvordan i alverden har du fået fat på dem? De er i så god stand, at man skulle tro, du for kort tid siden havde fundet et levende eksemplar og hevet disse ud ad huden på den." Professoren fik nu sit mere indelukkede udtryk og svarede langsomt: "Det skal du ikke bekymre dig om, men jeg kan fortælle dig, at det var ikke så let! Men nu må jeg videre med min forskning. Farvel, Jack." Han vendte ryggen til og begyndte at brede nogle tegninger ud på bordet. Jack vidste godt, at det ikke nyttede noget at stille flere spørgsmål, så han rejste sig op. Lukkede med omhu æsken med de dyrebare klør. Sagde tydeligt tak og gik ud ad døren og lukkede den bag sig. Da Jack kom ud på vejen igen, så han en ung mand med en lang, hvid kittel komme løbende hen ad fortovet. Han stoppede forpustet op og lænede sig op ad det skæve stakit. "Hvordan er han i dag? Jeg håber ikke, han bliver sur over, at jeg kom for sent." Jack rynkede brynene. Det var svært at forstå Rick, der stadig prøvede at få nok luft ned i lungerne igen. "Han virkede, som han plejer, lidt fjern og sådan." Rick skubbede sig væk fra stakittet, som svajede faretruende fra side til side, og snoede sig forbi Jack og åbnede døren. "Det var hyggeligt at snak med dig, hvem du end er. Vi ses senere." Han lukkede døren efter sig. Jack gik videre hen ad gaden i sine egne tanker.

Det var ved at blive mørkt, da han nåede hjem til sin lille lejlighed. Hans tanker kredsede om kløerne, som lå sikkert i deres æske i hans inderlomme, og om professorens hemmelighedsfulde blik. Han gik op ad den smalle trappe og nåede op til den sortmalede dør. Han åbnede ind til sin toværelses lejlighed og fumlede efter stikkontakten for at få gang i noget lys. I samme sekund han trykkede på knappen, kom der en øredøvende eksplosion – eller det var i hvert fald det, Jack syntes det lød som. Inde i hans lille stue var der blevet proppet en alt for stor menneskemængde ind. (I Jacks lejlighed føltes det som en stor flok.) Han undrede sig over, om de overhovedet kunne trække vejret. Det var ikke en eksplosion efter et meteornedslag, men bare hans evigt glade familie. En høj og flot, blond mand kom Jack i møde og slyngede sine arme omkring ham. "Vi synes lige, du skulle opleve noget mere livligt i din hverdag end alle dine døde dinosaurus-venner. Tillykke med dit nye arbejde. Så lykkedes det endelig for dig!" Han slog ud med hænderne i retning af den overfyldte stue. Hans bror havde altid været forældrenes drømmesøn, med sit gode udseende og sine umenneskelige sans for tal. Nu var han chef for nationalbanken og havde et stort hus og en flot kone, ja, James havde alt. Hans mor kom gående imod ham. "Nå, Jack, havde du en god undervisningsdag? Nu har du jo både et fint job og snart råd til at flytte i noget større." Hun smilede stolt, noget Jack ikke var så vant til at se, når det omhandlede ham. Hans bror, som havde overhørt samtalen, råbte højt ud i lokalet: "Ja, nu mangler du dig bare en sød pige." Det var et ømtåleligt emne for Jack. Alle, der kendte ham, vidste, at han ikke havde haft et nemt kærlighedsliv. Det eneste svar, han havde som forsvar, var altid: "Det kommer til at blive i en anden verden." Denne gang udløste det en svag latter gennem hele lokalet. Hans far stod lidt længere tilbage i rummet og snakkede med moster Annie. Jack beundrede sin far. Det var først nu, han havde fået lidt succes med sit flyttefirma uden for byen, og den største grund til dette var simpelthen, at der i dag var så mange ægtepar, der skulle skilles. Men Jack havde aldrig rigtig passet ind i sin fars drømme. At han en dag erkendte, at han ikke var interesseret i at videreføre sin fars flyttefirma. Hans mor havde aldrig dømt ham. Hun havde altid sagt, at man skulle følge sine drømme, og det var da også hende, der havde sørget for, at han var kommet ind på arkæologistudiet, og sørget for, at han ydede alt, hvad han havde i sig. Det blev en sen aften, hvor alle hyggede sig og lykønskede Jack med hans nye arbejde. Den sidste, der gik ud ad døren, var James. "Du skal sgu ikke tage dig af, hvad alle de andre siger, brormand. Du er sgu god nok, som du er, også selv om din samlever er en dinosaurus." Jack kunne lugte, at hans bror nok havde set lidt for mange flaskebunde.

Til undervisningen næste dag var Jack mere forberedt. Efter gæsterne var gået aftenen før, havde han brugt flere timer langt forbi midnat på at planlægge næste dags lektion. Han havde opdaget, at han, trods sin store samling af arkæologiske fund, havde en del huller i sin samling. Men hans største glæde var at vise de måbende studerende de flotte kløer, han havde fået af professoren dagen før. Det var netop disse sjældne skatte, som kunne vække opmærksomhed. Han måtte opsøge professoren og høre, om han ikke kunne skaffe ham flere spændende fund. Da klokken ringede, skyndte han sig ned ad de vanlige mørke gange og ned til professoren. Han bankede på som altid, og som altid kom der intet svar. Han åbnede døren og så til sin forbavselse, at lokalet var tomt. Kun et øjeblik spekulerede han over, hvor professoren mon var gået hen, men det blev hurtigt fejet væk af en indre, barnlig lyst til at gå på oplevelse i det ukendte. Han gik hen til det store arbejdsbord, som altid flød med en bunke rodet papir. Over halvdelen af teksterne var tal og tegninger, som Jack ikke genkendte. Det lignede næsten hieroglyffer. Han fortsatte videre til en stor reol ved siden af bordet og så til sin overraskelse, at også her lå der et stykke hvidt papir med professorens håndskrift af gådefulde tal og tegninger, som Jack aldrig havde set før. Han kiggede videre ... Jack kiggede på sit ur. "Åh nej, nu kommer jeg for sent igen." Jack styrtede ud af døren og smækkede den efter sig. På vej ned ad gangen tænkte han over, om professoren ville opdage, at nogen havde været inde på hans kontor og snuset i hans sager. Hans tanker strejfede den ulåste dør ... Det var usædvanligt, at professoren havde forladt lokalet uden at låse efter sig.

Hele den lange undervisningstime kunne Jack ikke tænke på andet end de mærkelige tegn og tal. Han kunne i sin vildeste fantasi ikke forestille sig, hvad de skulle bruges til. Han blev nødt til at spørge professoren, ellers ville hans nysgerrighed æde ham op indefra. Hvad var det mon, professoren tilbragte al sin tid med inde på det mørke kontor? Han havde hørt mange kalde ham for en skør gammel mand, men det var aldrig den opfattelse, Jack havde fået af ham. Når han tænkte nærmere over alle de ideer og forsøg, manden altid havde gang i, kunne det godt lyde lidt farligt. Men ligefrem at kalde den kloge professor og opfinder for skør?

Samme nat havde han nogle mærkværdige drømme. Drømme, som selvfølgelig omhandlede de pokkers tegninger og tal. Han stod og studerede dem, da et par robotarme kom til syne og trak ham ind i en maskine med åben dør. Døren smækkede efter ham, og alt blev mørkt. Pludselig blev alt omkring ham forvandlet til universet. Det var, som om han svævede i intetheden. Han kunne se alle planeterne omkring Jorden og den brændende sol ... Jack vågnede brat fra sin drøm. Var det nu, fordi han havde snuset i professorens ting? Var det straffen? Han lå længe og prøvede at finde ud af, hvad drømmen mon betød, men opgav, da larmen fra vækkeuret steg i styrke. Der var ikke andet for end at lægge spekulationerne til side og starte en ny dag. Men var han i stand til det efter den drøm? Skulle han måske lette hjerte og sind og fortælle professoren om sin nysgerrighed?

Da han mødte op næste dag, kunne han alligevel ikke lægge det fra sig. Han måtte besøge professoren, bare for at se om han var kommet tilbage på sin post. Efter timerne skyndte han sig alt, hvad han kunne tillade sig, ned til professorens hule. Han holdt vejret, da han bankede på, og som sædvanligt kom der intet svar. Jack åbnede døren og åndede lettet op – professoren var tilbage, og Rick, som åbenbart var professorens nye lærling, var der også.

"Åh, der er du Jack." Professoren vendte sig i stolen og så på Jack.
"Jeg har ventet på dig. Jeg har noget, du skal hjælpe mig med."
Jacks tanker fløj af sted, mens han prøvede at læse professorens
ansigtstræk, men Rick og professoren var i gang med noget, så
Jack måtte vente, til Rick var gået. Lidt tid efter var de færdige,
med hvad de nu havde gang i, og Rick sagde farvel og gik sin vej.
Jack og professoren stod begge i noget tid tavse og kiggede på
hinanden, indtil professoren brat vendte ryggen til. Jack kunne
nu ikke længere holde sin dårlige samvittighed tilbage. "Jeg var
herinde i går og snuse rundt, det vil jeg virkelig gerne undskylde
for." Talestrømmen kom alt for hurtigt, så ordene faldt over hin-
anden. Professoren vendte sig mod ham igen og spurgte med
et venligt udtryk: "Fandt du så noget spændende? Jeg hørte dig
godt, men jeg var lige optaget på toilettet. "Jack vidste ikke, hvad
han skulle svare, og efter en kort pause vendte professoren sig
om igen og begyndte at rode rundt i en masse papirer. "Jeg ved,
at jeg kan stole på dig, Jack. Vi har kendt hinanden længe nu,
så jeg vil indvie dig i min hemmeligste opfindelse." Han trak et
falmet stykke papir frem, som så ud, som om det var blevet foldet
mange gange, og sagde, at Jack skulle kom hjem forbi ham efter
arbejde. Der ville han få svar på alt det, han gerne ville vide. 'Nå,
men jeg må tilbage til time, og det skal du også Jack. Vi ses til
frokost.' Jack gik tilbage til klasselokalet, selv om han ikke var
meget for det. Han ville hellere finde ud af, hvad professoren
ville snak med ham om. Da han kom ind i undervisningslokalet,
sagde han, at de studerende skulle læse fra side 11 til 22 inden
frokost, og så skulle de skrive deres mening om dette emne. Ele-
verne var ikke meget for det, især den ene af eleverne, som havde
en underlig måde at formulere sig på. Han brugte personer i
stedet for rigtige ord. Hvis nogen for eksempel var sur, så sagde
han: "Hvorfor er du "Trisseltotf?", fordi Trisseltoft altid var sur.
I det her tilfælde sagde han, at det var noget "Jack", fordi han
mente, at det er kedeligt. Men Jack var lidt ligeglad, og desuden
var han mere nysgerrig efter at høre professorens historie. Midt i

timen kunne hans hjerne ikke klare mere, så han rejste sig op og begyndte at skrive og tegne de tal og tegninger, som han havde set. Eleverne begyndte at løfte deres hoveder, den ene efter den anden, og kiggede underligt på ham og det, han skrev på tavlen. Jack vendte sig om og sagde til eleverne, at de skulle glemme det, han havde sagt med at læse, og i stedet skulle de fortælle ham, hvad de troede, at de tal betød.. Eleverne var bare glade for at slippe for at læse, så de begyndte at foreslå alt mulig mærkeligt, som ikke gav mening. Jack var ligeglad, bare han kom ud med det og holdt sin hjerne beskæftiget med noget indtil frokost. Da men endelig sluttede, gik han op for at spise noget frokost og samtidig snakke med professoren. Mens han hentede sin frokost og snakkede med de andre lærere, kom professoren ind, så Jack måtte undskylde sig og gik over til professoren. "Hej Jack, vil du holde mig med selskab?" sagde professoren. "Ja," svarede Jack med stort smil. Professoren begyndt at snakke om sine timer og sine elever, mens Jack var mere opsat på at høre om det andet. Men han vil ikke afbryde ham og ventede i stedet på en pause. Da der endelig opstod en pause, spurgte Jack til de mystiske tal og tegninger. Professoren lænede sig frem mod ham og sagde, at det ikke var noget, han kunne snakke med ham om her foran de andre. "Det er trods alt en hemmelighed, som jeg kun vil dele med dig." Der var ikke noget, Jack kunne gøre, andet end at nikke ja og lytte til professorens snak om sine timer og elever, og i øvrigt bare spise sin frokost. Efter frokosten fortsatte han sin undervisning. Han prøvede at høre med en anden klasse, om de havde en bedre forståelse af de mærkelige tal og tegninger, men det havde de som forventet ikke. Men i det mindste fik det tiden til at gå hurtigere. Da den sidst time sluttede, kunne Jack ikke komme hurtigt nok ud af døren. Han cyklede ned ad en sti, som førte videre til hovedvejen. Der var meget trafik på dette tidspunkt af døgnet, og køen af biler stod næsten helt stille. Jack var glad for, at han ikke havde taget bilen til arbejde den dag. Han drejede ned ad en sidevej og endte på en lille gade med små huse på begge side. Jack stoppede foran et mørkt murstenshus med sort tegltag, hvor professoren boede. Haven foran husets indgang var vildtvoksende, og bevoksningen skyggede for lyset ind til huset. Han ringede på døren med sommerfugle i maven, og professoren åbnede døren med et spændt smil. Han lagde sin ene hånd på Jacks skulder og sagde: 'Er du klar til at se noget, som vil ændre dit liv for altid?" Indenfor var huset præcis, som han havde forstillet sig, med gammel kunst på væggene, antikke møbler og et ældgammelt tapet.

Først gik de ned i kælderen. På vej ned fortalte professoren, hvor lang tid han havde eksperimenteret. Han havde brugt næsten to årtier på maskinen, og nu var den endelig klar. Da de kom ned, trådte de ind i et halvmørkt kontor, og der var også en del papir, som Jack gættede på var til at eksperimentere og foretage forsøg med. Det var en tegning med en maskine på, der fangede hans opmærksomhed mest. Professoren sagde, at han altid havde kunnet lide ham, og da han fandt ud af, at Jack havde fået jobbet på universitetet, var professoren blevet overmandet af glæde, for Jack havde altid været en, man kunne stole på og regne med. "Jeg har brændt inde med denne hemmelighed i meget lang tid og har ikke haft nogen at snakke med, indtil jeg fandt ud af, at vi skulle arbejde sammen," sagde professoren og fortalte, at da regeringen fandt ud af, at han var i gang med denne opfindelse, valgte de blandt andet også ham til at hjælpe dem med at bygge den i et laboratorium i Washington DC. Han havde derfor været væk i nogle år, hvor han arbejdede for regeringen på et hemmeligt projekt, men det blev desværre lukket ned, efter at man fik mistanke om, at nogle KGB-folk prøvede at stjæle ideen. "Men efter det fik jeg lov til at komme tilbage til universitetet og undervise et par gange om ugen, indtil jeg gik på pension," fortsatte professoren. "De fik mig til at svare, at jeg aldrig ville snakke om det eller selv at prøve at bygge noget tilsvarende uden deres tilladelse. Men det er noget, jeg har arbejdet med i mange år, og det er ikke noget, man bare kan glemme, så en anden doktor, der hedder doktor Morris, og jeg besluttede at fortsætte alene i hemmelighed. Desværre blev vi uvenner undervejs, så jeg var nødt til at fortsatte alene." Derefter gik de over mod en reol. Nede på gulvet ved siden af reolen og helt ovre, hvor de to vægges hjørner mødtes, havde professoren bygget en lille låge, som var svær at se, selv for professoren, som selv havde bygget den. Men det var vel også meningen. Professoren åbnede den lille låge og tastede noget. Pludselig lød det, som om nogle hængsler gav slip på reolen. Det lød som lastrumsdørene på et fragtfly. Derefter kunne man uden problemer rykke reolen til side, og bag reolen var der en anden dør, som førte dem ind til et hemmeligt rum, som professoren selv havde bygget. Rummet var isoleret med æggebakker, og der var masser af ledninger og lamper, der lyste. I rummet stod der en maskine, som var det største i rummet. Den stod ovre i det fjerneste mørke hjørne og lyste og blinkede fra en masse knapper. Den var så stor, at den kunne indeholde en voksen mand oprejst. Jack gik forbavset over til den. Han havde ventet, i hvad der føltes som en evighed, på at finde ud af, hvad professoren ville vise ham. Jack holdt vejret. Han var så nysgerrig for at finde ud af, hvad det var, at han kæmpede for at stå stille. Professoren lukkede døren og begyndte at trykke på de lysende knapper, og snart begyndte maskinen at brumme og ryste svagt. "Så, nu kører den," sagde professoren med en salig, katteagtig stemme. Han stod længe vendt mod maskinen, som om han beundrede den en stund, men så gik han over til en boghylde et par skridt væk. Han tog fire bøger ud fra reolen og lagde dem på gulvet. Jack fik et glimt af en låge inde i væggen og kunne høre, at professoren nu fumlede med et nøglebundt. Efter et par sekunder så Jack ham lægge noget i lommen, som var pakket ind i et rødt fløjlsagtigt stof, og derefter stille bøgerne tilbage på hylden. Han gik tilbage mod Jack og trak et par stole frem, så de kunne sidde ansigt til ansigt. Jack åbnede munden, men professoren løftede en finger i vejret som tegn på, at han ikke skulle sige noget. Jack brændte inde med utrolig mange spørgsmål. I et stykke tid sad de bare sådan, men for Jack føltes det som flere timer. Endelig bevægede professoren sig lidt. "Jeg har studeret og forsket i utrolig mange ting, alt mellem himmel og jord, noget mere afklaret end andet, men nu er jeg gået et enkelt skridt videre." Han kiggede ud i luften med det mest tænksomme blik, Jack nogensinde havde set hos et andet menneske. "Jack, dette er min dybeste hemmelighed, som jeg aldrig har betroet andre. Det har taget mig rundt regnet tyve år at nå til det, jeg har opdaget nu." Et lysende glimt fór pludselig igennem professorens øjne. Jack, som havde siddet og stirret på professoren, fik et chok og gav et lille hop i stolen. "Vi har kendt hinanden længe, og du virker som en hæderlig mand, som jeg trygt kan betro mig til." Jack havde fået svedige håndflader, efter at tanken om en sindssyg professor havde sneget sig ind i hans tanker. "Jeg var ved at opgive det hele, men så fandt jeg ud af, at du startede på universitetet, og det gav det mig lidt håb igen. Jeg ved, du er meget interesseret i Juratiden og dens storhed og skabninger. Dette vil denne maskine kunne give dig en bedre forståelse for." Professoren så afventende på ham, men nu vidste Jack slet ikke, hvad han skulle sige. "Det lyder måske utroligt, men det er lidt ligesom at være fanget inde i et computerspil." Professoren rejste sig brat op og beordrede Jack til at gøre det samme. Jack gik med stive ben efter professoren, hen til den store brummende og lysende maskine i hjørnet. "Dette er en tidsmaskine." Professoren kunne godt se, at Jack så lidt skeptisk ud. "Hvis du ikke tror på mig, så synes jeg, at du skal prøve en tur." Jack vidste ikke, hvad han skulle gøre af sig selv, og tænkte på, at han måske var den eneste, som troede, at professoren var normal. Måske havde de andre ret i, at professoren virkelig var skør. Professoren stod med et halvt smil på læberne og ventede på svar fra Jack. Så bryd professoren tavsheden og sagde, at han godt vidste, at det var meget information at få på én gang. "Det tager måske noget tid at komme over chokket, så du kan bare tage hjem og tænke over det til i morgen." Jack vidste ikke, hvad han skulle gøre. Skulle han tage hjem og brænde inde med det og måske aldrig finde ud af, om det var sandt, hvad professoren sagde? Eller skulle han bare tage chancen? Men da han fik et flashback til de kløer, som professoren gav ham den første dag på universitetet, blev han overbevist om, at han gerne ville prøve det. Ellers ville det æde ham op indeni, og så ville han ikke kunne falde i søvn, så han kiggede professoren dybt i øjnene og sagde: "Jeg er klar, når du er." Professoren klappede sine hænder sammen og var på vej over til tidsmaskinen, da han sagde: "Det vigtigste, du skal huske, er, at du ikke er usårlig, så du skal holde dig uden for fare og lade være med at rode dig ud i noget. Kig og iagttag!" Han tog en rund metaldisk med knapper og et lille display og klappede den, som om den var et kært, lille barn. "Og maskinen her? Den er din billet tilbage hertil. Vogt den med dit liv! Det eneste, du skal gøre, er at stille tid og dato til den samme tid, som når da du tog herfra, og derefter trykke på den røde knap. Ellers så kommer du jo ikke tilbage. Det er en vigtig grundregel, når man rejser i tiden, at man ikke ændrer på noget. Men hvis KGB eller pressen får dette af vide, vil alle rejse tilbage i tiden og måske ændre på noget, de har fortrudt, eller lave om i historiens tid. Og dette må ikke ske! Du må love mig at holde tæt." Jack havde befundet sig i en slags drøm, og han kunne ikke rigtig fatte, hvad der var sket. Han kiggede sig langsomt omkring. Der var ikke meget plads i maskinen. Han kunne kun lige knapt stå oprejst derinde, og rundt om ham var der ikke plads til at bevæge sig. En skinnende varm lampe lyste lige ned på hans mørkebrune hår og fik sveden til at pible frem på hans pande. Siderne, loftet og gulvet var beklædt med et tykt, blød stof i rødt.

Jacks tanker kredsede nu om det, professoren havde fortalt. Det gav absolut ingen mening. Det var så langt ude, som noget overhovedet kunne være. I stedet faldt hans tanker på alle de gyserog kriminalfilm, han havde set. Han tænkte på de episoder, hvor offeret blev låst inde i kister og køleskabe og derefter døde en langsom død. Var det her straffen for, at han havde snuset rundt på professorens kontor? Han havde jo ikke opdaget noget, som kunne være en stor hemmelighed. Maskinen begyndte at larme højere og højere, indtil det var så højt, at Jack ikke en gang kunne tænke sine tanker til ende. Jack faldt med et brag ned på den bløde jord. Pludselig stoppede maskinen, efter noget, der i Jacks øjne måtte have varet i flere timer. Nu var alt stille. Lyset i loftet slukkede, og alt blev mørkt. Han åbnede langsomt sine øjne og rejste sig op og kiggede sig omkring. Dette var ikke rigtigt, det lignede ikke en verden, der fandtes derhjemme. Maskinen, som før havde befundet sig i professorens rum, var ikke til at få øje på. Her var bagende varmt under den alt for store sol, som så ud, som om den havde rykkede sig tættere på planeten. Luften var utroligt trykkende og fugtig, og der lugtede af råddent træ. Men det, der fascinerede ham mest, var det fantastiske planteliv. Overalt var der eksotiske planter, som han aldrig havde set eller hørt om før. Enkelte lignede dem, han havde i sin egen have, og som også var meget sjældne. Han stod i mange minutter bare og kiggede ud i det grønne, regnskovslignende landskab. Pludselig dæmrede det. Professoren havde nævnt noget omkring Juratiden. Det kunne virkelig ikke passe. Havde professoren virkelig råd til at lave et helt landskab, bare for at narre eller irritere ham? Jack besluttede, at han lige så godt kunne finde en vej ud ad disse skove. Alt omkring ham var anderledes, selv den fugtige vind var anderledes. Der var utroligt mange fugle- og insektlyde i skoven, mens han vandrede af sted. Jack havde vandret i over en time uden at se skyggen af en dør eller andet. Efter noget tids vandren og forsøg på at finde en vej ud hørte han en raslende lyd få meter fra sine fødder. Han kiggede der, hvor lyden kom fra, og så en rede, eller det var i hvert fald, hvad det lignede. I reden lå der æg på størrelse med et strudsæg, bare mere aflange i form og helt lyseblå, med sorte, markerede pletter. Jack måtte hjem og studere, hvordan man kunne lave et snydeæg, så det lignede et rigtigt så meget. Pludselig hørte han rislen fra vand og gik hurtigt i retning af lyden. På lang afstand så han den lille bæk med det rene vand, men han stivnede med ét. Han havde fået øje på noget, som bevægede sig ved bækken. Han kunne ikke se på afstand, hvad det var for en skabning. Pludselig begyndte jorden under ham at ryste, og Jack så nu en stor skabning fare ud fra krattet. Med et snup tog den større skabning den lille skabning ved bækken, som ikke havde været hurtig nok. Den slugte sit bytte i en enkelt mundfuld og begyndte at drikke af bækken. Jack var som forstenet. Derfra, hvor han stod, kunne han tydeligt se det store kødædende dyr, men han kunne i sin hukommelse ikke finde frem til, hvad det var. Men én ting var sikker, det var en dinosaur. Det gik endelig op for Jack, hvor han var havnet henne. Dette var ikke en leg, ikke en drøm, men virkelighed. Pludselig vendte den store dinosaur sig mod ham og kiggede på ham med sine små, gule øjne. Jack trådte et skridt tilbage, og dette udløste den store kødæderes jagtindsigt. Adrenalinen trådte ind, og Jack begyndt at løbe. Han var ikke klar over, hvad eller hvem han løb fra, men han spænede gennem skoven, ad samme vej han var kommet. Han kunne tydeligt høre det store dyr indhente ham bagfra. Han kiggede rundt, men kunne ikke genkende noget som helst. Han måtte skynde sig væk i en fart og finde en eller anden form for en hule, hvor ingen kunne finde ham eller få fat i ham, så han kunne finde den lille, runde disk frem. Han havde heldigvis den fordel mellem den tætte skovbevoksning, at han nemt kunne smutte imellem de høje træstammer og tætte buske. Han drejede skarpt til højre og bukkede sig ind under en væltet træstamme. Dyret, som ikke havde opdaget, at han ikke var foran mere, fortsatte ligeud. Selv efter at den var kommet et stykke væk, kunne dens fodtrin stadig mærkes som jordskælv. Jack sad stille under træstammen et stykke tid. Frygten af at blive jagtet som et byttedyr havde stadig ikke sluppet sit tag i hans krop. Så tog han disken frem, stillede dato og tid og trykkede på den røde knap. Pludselig lå han på det hårde gulv i det mørke kontor. Han åbnede langsomt øjnene. Han var øm i ryggen af at ligge der. Han løftede hovedet og kiggede rundt. Han fik øje på professoren, som sad i sin stol og kiggede ned på ham. Det tog noget tid, før Jack kunne rejse sig op. Professoren rejste sig og rakte ham sin arm til støtte. Han havde et mystisk lille smil om munden. "Nå, det er dejligt at se, at du er ved at komme til dig selv. Den første rejse er altid den, der tager mest på kroppen, men du vender dig til det, bare rolig." Jack fik sat sig op i en stol med professorens hjælpende arm ved sin side. Han kunne ikke huske ret meget og forstod derfor ikke, hvad professoren snakkede om. Pludselig begyndte minderne at fare igennem hans hoved, nu huskede han alt. "Hvad var det for et sted, jeg var? Du skylder mig en forklaring på alle mine spørgsmål!" "Ja, ser du, Jack, jeg er gået meget videre med forskningen, end nogen anden har gjort før! Jeg har arbejdet videre på folks gætterier og ideer. Jeg har arbejdet med dette hele mit liv. Og jeg synes nu selv, jeg har fundet frem til et godt resultat! Det, du oplevede, Jack, var at rejse tilbage i tiden, i dit tilfælde tilbage til Juratiden. Et valg, jeg ikke håber, du er ked af." Professoren smilede afventende. "Var det sådan, du fik fat i de kløer? Ved at rejse tilbage i tiden?" Jack var ikke helt sikker på, om han mente, at det var den rigtige forklaring. Men nu vidste han, at det ikke var tilfældigt, at han havde fået de flotte kløer. "Jack, du må forstå, at du ikke må fortælle det til nogen. Vi er færdige for i dag!" Professoren vendte sin stol mod bordet igen, og Jack kunne kun se hans ryglæn. Han havde så mange spørgsmål og andet, som ikke var afklaret, men han vidste, at han godt kunne glemme det. Professoren havde talt!

Da han gik hjem den aften, vidste han ikke, hvor han skulle gøre af sig selv. Hele natten kunne han knap sove. Alle de oplevelser, han havde haft, passerede nu gennem hans hoved. Da han vågnede næste morgen, var han i tvivl, om det hele bare var en drøm, eller om det var virkelighed. Efter lang tids venten fik han rejst sig fra sengen. Det tog ham lang tid at gøre sig færdig, og han kom alt for sent ud af døren. Han kom for sent til sin første time. De næste par timer sneglede sig af sted, og han havde svært ved at koncentrere sig. Han satte eleverne til at arbejde selvstændigt med nogle opgaver, så han var fri for at anstrenge sig med at undervise. I dag var der intet andet i hans tanker end de oplevelser, han snart ikke vidste om var virkelige eller en drøm.

Efter de endeløst lange timer kunne han endelig pakke sine ting og tage af sted over til professoren og få afklaret alle sine spørgsmål. Siden professoren ikke var i skole, måtte han cykle hjem til ham. Jack bankede på døren flere gange, før professoren åbnede døren og sagde: "Nå, du turde godt komme tilbage? Efter den tur, du fik, føler nogle sig næsten, som om de er blevet tossede. Men du ser ikke ud, som om du har fået sovet så meget." Jack, som havde haft så mange spørgsmål for bare et par sekunder siden, var nu mundlam, vidste ikke, hvad han skulle sige. Han sad længe og mærkede alle sine spørgsmål ulme indvendigt. Efter hvad der føltes som en evighed vendte professoren sig mod ham. "Hvis du er interesseret, kan du godt få en tur til." Det tilbud havde Jack ikke regnet med at få. Han havde slet ikke tænkt over muligheden for at komme tilbage og opleve det fantastiske sus. Men samtidig vidste han godt, at det ikke kunne være helt ufarligt sådan at rejse frem og tilbage i tiden. Nu dukkede alle spørgsmålene frem, og de kom i en lang, rodet smøre, som selv Jack ikke forstod til sidst. "Jeg kan godt forstå, at du har så mange spørgsmål, men mange af dem ville tage en livsalder at forklare. Det vigtigste, du ved, er, at det kan være farligt at ændre noget i fortiden. Det kan være svært at lade være, men det er også derfor, det er vigtigt, at der ikke er andre, der finder ud af, hvad denne fantastiske maskine kan." Professoren stoppede talestrømmen for at kaste et blik på den store maskine, som stod i hjørnet. "Jeg stoler på, at det er noget, du af alle mennesker vil forstå. Tænk, hvis man kunne tage tilbage i tiden og ændre tidens gang. Alt det onde, der er sket. Det er derfor også vigtigt, at du ikke ændrer på noget, når du rejser tilbage i tiden. Men nu må du gå. Jeg har mange ting at se til. Tænk over det, jeg har fortalt, og bliv enig med dig selv, om det er noget, du vil prøve igen." Professoren åbnede døren, og Jack gik modvilligt ud af døren, som hurtigt blev lukket bag ham igen. Jack havde stadig en masse uopklarede spørgsmål, som brændte inde i ham, men han viste godt, at det ikke nyttede noget at plage professoren. Han vendte næsen hjem for at gå i gang med at skrive sine oplevelser ned. Han kunne allerede mærke, at hans hukommelse svigtede. Det måtte have noget med rejsen frem og tilbage i tiden at gøre. Efter at han kom hjem til sin lille, rodede lejlighed, som han ikke har haft tid til at rydde op i, siden professoren fik hans tanker til at løbe vildt med den tidsmaskine, satte han sig ned og begyndte at skrive nogle hurtige notater ned til sig selv. Selv om Jack havde et arbejde, gav det ikke så meget, især fordi han var ny og uerfaren. Han drømte altid om at udvikle sin viden til et højere niveau og få sig en god portion oveni. Han var træt af hele tiden at nøjes, men han følte, at han altid sad fast i et hul. Han kom igen til at tænke på, hvad der havde overgået ham det sidste stykke tid. Alt det, som føltes som en drøm, var måske hans billet til et bedre liv, fyldt med succes og berømmelse? Han spekulerede på, om professoren mon ville bruge ham igen og sende ham tilbage i tiden. Da han gik i seng den aften, var der et mylder af tanker, der kørte rundt i hans hoved. Han vidste, at han måtte udtænke en plan, så han kunne få mest muligt ud af situationen. Det var som en levende drøm. Han vidste ikke, om han turde lægge sig til at sove, om det hele så ville forsvinde og bare have været en lykkelig drøm.

Dagen var lang, og de larmende unge mennesker gjorde det svært at koncentrere sig. Men da klokken endelig ringede dagens sidste time ud, livede Jack op igen. Han prøvede at gå i et behersket tempo mod skolens udgang, men da han var et stykke væk fra skolen, begyndte han at cykle i rask tempo ned ad de trafikerede veje og over til professorens hus. Han bankede på den solide trædør og trådte ind i huset. Professoren havde åbenbart ventet ham. Han sad i sin lænestol med front mod døren, med sine foldede hænder på maven. "Jeg tænkte nok, du ville komme forbi i dag. Er du klar til en ny tur til fortiden?" Jack nikkede. "Jeg ved ikke helt, hvordan man gør sig klar til sådan en tur, men jeg ville i hvert fald ikke sige nej til sådan et tilbud." Professoren rejste sig op fra sin stol og gik ned til rummet og over til maskinen. Han indstillede tiden til 'Jura 200.000' og trykkede på den røde knap for godkend. Jack satte sig ind i den trange maskine og lukkede den tunge dør grundigt efter sig. Men den blev hurtigt åbnet igen af professoren. "Husk nu, Jack, du må ikke ændre på noget. Sørg for at iagttage alt, men på afstand." Han lukkede døren igen. Der kom en høj lyd, som han huskede fra sidste rejse. Han tænkte, at det gik lige efter planen. Maskinen holdt op med at ryste, og pludselig var der stille. Som sidst slog den fugtige varme ham næsten omkuld. Han kiggede sig omkring. Han var heldigvis landet i en skov igen, men for at være sikker på, at disken ikke ville blive udsat for nysgerrige dinosaurers terrorbid, limede han den tæt til sin krop og lagde begge hænder tæt omkring den. Han kunne intet liv se, andet end de mange forskellige planteformer. Denne gang var han mere opmærksom på alt, hvad han var omgivet af. Han vidste ikke, hvor han skulle kigge hen, af frygt for at gå klip af det mindste. Han gik rundt og samlede æggeskaller fra udklækkede æg, sten og alt andet, han kunne kom i nærheden af, som han mente ikke kunne være til fare i fremtiden.

Jack kiggede på sit armbåndsur. Hvis det ellers fungerede optimalt i fortiden, så viste det, at han havde været i den magiske verden i over fire timer. Han havde ikke foretaget sig andet end at vandre af sted gennem den enorme skov. Han var heldigvis kun stødt på mindre farlige dinosaurer, som havde hygget sig med at studere kæmpeinsekter i skovbunden. Han tog langt om længe den disk frem, som han holdt tæt til sin krop, og tastede datoen og tiden og trykkede på den røde knap. Da han kom tilbage til sin egen tid, kunne han uden problemer gå ud selv, i stedet for at blive trykket ned på gulvet ligesom første gang. Professoren sad som sidst i sin lænestol og kiggede på ham. Jack satte sig over i en ledig stol. "Nå, Jack, var det lige så fantastisk, som du husker det?" Han foldede hænderne bag hovedet. "Det var meget bedre, end jeg huskede ..." Jack snakkede løs i over ti minutter om sine fantastiske oplevelser, og professoren sad helt stille og lyttede. Da Jack endelig var færdig, rejste professoren sig og tog en bog ud fra den store reol. Han gik over til sin lænestol igen og rakte Jack bogen. "Jeg synes, du skal have denne bog. Det er en, som du måske kan læse lidt i og få noget inspiration til næste tur. Hvad siger du til, at vi ses i morgen samme tid?" Det spørgsmål havde brændt inde hos Jack længe nu. Tanken om ikke at komme tilbage til den fantastiske verden igen var forfærdelig. Jack takkede professoren for bogen og begav sig mod sit hjem. Det var blevet mørkt nu, og der var ikke meget trafik på vejen. Han tændte lyset i lejligheden og satte sig i sofaen. Han tog de ting frem, som han havde taget med sig fra fortiden, og studerede dem. Efter noget tid åbnede han bogen og begyndte at bladre i den. Det var en gammel bog, kunne Jack nu se. Siderne var gullige, og sproget var skrevet på en gammeldags måde, som var svær at forstå. Han blev ved med at bladre gennem alle de flotte, farvestrålende billeder.

Da Jack vågnede, følte han sig øm i hele kroppen. Han var faldet i søvn i sofaen, som langt fra var stor nok til hele hans krop. Han kiggede ud af vinduet. Solen stod allerede højt på himlen. Jack vidste udmærket godt, hvad han skulle bruge den første dag i weekenden på. Han kunne ikke rigtig tillade sig at forstyrre professoren, han holdte vel også lidt fri, og de havde jo også aftalt først at mødes om eftermiddagen. Han spiste morgenmad og klædte sig på i grønt fra top til tå. Han satte sig ind i sin gamle Ford og endte med at stoppe igen tyve minutter senere på en parkeringsplads. Så åbnede han sin aflange kuffert og tog sin lange riffel frem. Når han stod med den i hånden, følte han, at han kunne klare alt i verden, og alle hans tanker og bekymringer blev lagt på hylden. Den første serie lerdurer blev affyret, og Jack fyrede tre skud af, som alle ramte plet. Da han havde taget alle de ti serier, pakkede han sammen og kørte hen forbi professorens hus. Han steg ud af bilen og huskede at tage sin riffel med sig. Der så mørkt ud inde i det tilgroede hus, men der var nu ikke så længe til, at de skulle mødes. Jack gik op til hoveddøren og bankede på. Der kom intet svar, så han tog forsigtigt fat i håndtaget, og døren gav efter. Professoren var ikke til at se nogen steder. "Professor?" Jack lukkede døren efter sig og kiggede rundt i lokalet. "Jeg kommer op om et øjeblik, Jack," lød professorens stemme nede fra kælderen. Jack gik omkring og kiggede på alle de fantastiske bøger, som stod ved siden af hinanden i den store bogreol, og de mange ligninger, der var skrevet med kridt på den grønne tavle. Han gik over til det store skrivebord, som var fyldt med papirer og mapper. Han satte sig i stolen, som stod over for professorens lænestol. Jack kunne tydeligt se, at professoren så bekymret ud, da han kom op fra kælderen, og spurgte ind til, hvad der gik ham på. Professoren fortalte ham, at for nogle år siden - efter at projektet blev stoppet, og inden han fik tidsmaskinen op at køre - havde der som nævnt været en anden professor, som arbejde sammen med ham for regeringen. Efter at projektet blev nedlagt, havde de besluttet at gå videre med at bygge på tidsmaskinen i hemmelighed, men midt i projektet havde de haft et kæmpe skænderi. Inden professoren tog sin afsked, havde den anden professor svoret at hævne sig og var kommet med alvorlige trusler, blandt andet at han ville sætte CIA på sagen. Professoren havde ikke hørt fra sin kollega siden.

'Men jeg har set ham et par gange på gaden i min by undrer mig, for han bor her ikke. Det er ikke til at vide, om han var her ved et tilfælde, eller om han udspionerer mig og venter til det rigtige tidspunkt med at komme frem og afsløre det hele. Efterhånden er det længe siden, jeg har set ham, men hvis han stadigvæk er i live og måske finder ud af noget og vil afsløre det, vil det blive en katastrofe. En ting er, hvis opfindelsen røg i de forkerte hænder og blev brugt til at forvolde ondt i stedet for godt. Noget andet er, hvis andre fik fat i det, som for eksempel Rusland eller Kina. Så ville USA ikke eksistere meget længere." Professoren sank sukkende tilbage i sin stol og lagde begge hænder på hovedet, mens han gned sig i øjnene og sagde: "Det er utroligt, at man kan lave så fantastisk en opfindelse og alligevel være så trist og deprimeret. Jeg skulle have brugt min tid på at finde en medicin mod kræft i stedet for. Så havde alle været glade. Også mig. Men nu er jeg desværre fysiker og ikke læge, så det må jeg leve med." Professoren lænede sig frem og sagde: "Jeg ved godt, at du gerne vil prøve det igen, men der er alt for mange tanker i mit hoved. Lige siden jeg fik tidsmaskinen op at køre. Og de forsvinder ikke, tvært imod bliver det kun værre og værre, jo mere jeg tænker på det, og flere og flere dårlig tanker bygger oven i. Det, jeg gerne vil have dig til, Jack, er, at du skal prøve at hjælpe mig med at finde doktor Morris. Han flyttede kort tid efter vores skænderi, og siden har jeg prøvet alt for at finde ud af, hvad han går rundt og laver, men det er ikke lykkedes for mig. Måske har du mere held end jeg." Professoren rejste sig op og gik over til sine bøger og sagde: "Nu vil jeg læse mig en god bog, så jeg kan få koblet af fra alt, og du må love mig, at du finder doktor Benjamin Morris. Hans sidst kendte adresse var Maple Road 69. Indtil da må vi holde lav profil med at rejse frem og tilbage i tiden." Jack rejste sig op og gav professoren et kram og lovede, at han ville gøre alt, hvad der stod i hans magt, for at finde ham. Derefter gik han ud af døren. Det første, han gjorde, da han kom hjem, var at tænde computeren og begynde at søge på professor Morris. Efter flere timers søgning havde han endnu ikke fundet noget på ham. Jack kunne ikke forstå, at der intet var på ham. doktor Morris havde virkelig gjort sig usynlig. Jack kiggede rundt i lejligheden og så, hvor rodet der så ud, og sagde: "Nå, men nu, når jeg alligevel ikke er i Juratiden, så kan jeg lige så godt rydde op." Jack havde ikke haft meget tid til at træne eller rydde op på det sidste, fordi han havde været fuldt optaget af professorens tidsmaskine. Dagen efter vågnede Jack op og gik i gang med sin morgenrutine. Efter det skulle han besøge sin familie, hvilket også var en rutine hver søndag. Jack elskede sin familie og elskede at bruge tid sammen med dem, selvom de var en smule skøre. Efter et dejligt langt bad tog Jack noget pænt tøj på og kørte den time, det tog for at komme over til hans forældre, hvis altså bilen ikke gik i stå på vej derover. Da han kom derover, fik han en varm velkomst som altid: "Maden er snart klar, vi venter bare på din bror." Broren kom altid som den sidste, fordi han altid brugte så lang tid på at gøre sine børn klar. Efter maden sad de alle sammen og snakkede om, hvad der skete af nye ting i deres liv, men Jack sagde ikke så meget andet end, at det var lidt hårdere at få elevernes opmærksomhed, selvom han havde haft den mest spændende oplevelse i sit liv, eller den mest spændende oplevelse, nogen kunne opleve. Men han kunne ikke snakke om det, så han sad bare og lyttede til, hvad andre havde at sige. Jack rejste sig op for at hente noget at drikke fra køkkenet, og ude i køkkenet mødte han sin mor, som var i gang med at sætte opvasken i opvaskemaskinen. "Der er noget, som går dig på," sagde Jacks mor. Jack rystede på hovedet med et falsk smil på læberne. "En mor kan altid fornemme, når hendes barn har bekymringer," sagde hans mor, men Jack sagde bare, at det at det var hans nye job, som tog lidt hårdt på ham. Hans mor kiggede på ham og sagde, at hvis han ikke kunne snakke med hende, så kunne han prøve at snakke med sin far eller bror. Pludseligt slog det ham, at James arbejdede i en bank, og måske kunne han skaffe nogle oplysninger på doktor Morris. Han gav sin mor et kys, sagde tak og gik ud til sin bror og tog ham med væk fra de andre. Så spurte han ham, om han kunne finde oplysninger på en person for ham. James smilede og sagde: "Er det en pige?" "Nej," sagde Jack, "det er bare en professor, som jeg godt kunne tænke mig at tage kontakt til, som muligvis kan hjælpe mig med nogle spørgsmål." "Det bliver lidt svært," sagde James, "for det er ulovligt, og desuden skal du bruge hans personnummer." Men selvom det var ulovligt, ville James gøre alt for sin familie. Jack krammede ham og sagde tak, og de gik hen og satte sig over til de andre. Selvom Jack elskede at bruge tid sammen med sin familie, kunne han næsten ikke sidde stille. Han ville hellere over til professoren og høre, om han havde de afgørende oplysninger. Da natten faldt på, begyndte børnene at blive trætte, og folk var på vej hjem. Jack takkede sin forældre for en hyggelig dag og dejlig mad og kyssede dem farvel. Derpå gik han over til sin bil. På vej derover sagde hans far, at han bare skulle tage den med ro og holde ud. "Det er kun de første hundrede år, der er de hårdeste, derefter bliver det meget nemmere." Alle grinede og sagde: "Hvem lever i hundrede år?" mens de satte sig i bilen. Jack skyndte sig over til professoren for at spørge om han havde flere oplysninger på doktor Morris. "Bare han ikke sover, når jeg kommer," tænkte han. Da Jack kom over til professoren, så huset helt mørkt ud, men Jack bankede på døren alligevel. Nogle sekunder efter kom professoren og åbnede for ham. "Jeg troede, du var gået i seng," sagde Jack. "Nej, nej," svarede professoren, "jeg var bare lige nede i kælderen." Derefter gik de begge ned i kælderen, og Jack blev helt chokeret over, hvad han så. Tidsmaskinen var blevet næsten skilt helt ad. "Bare rolig," sagde professoren, "jeg kan samle den igen med lukkede øjne. Jeg vil bare ikke have den stående samlet, før vi har fundet ud af, hvor ham doktor Morris er blevet af." "Jeg har måske nogle gode nyheder," sagde Jack. "Du har vel ikke helt tilfældigvis doktor Morris´ personnummer? Det vil måske være nemmere at finde ham på den måde. Professoren slap alt, hvad han havde i hænderne, og satte sig ned på stolen, og så var der stille i et kort øjeblik. Så sagde professoren: "Det kan godt være, jeg kan finde nogle flere oplysninger på ham."

Efter et par timers søgning sagde professoren, at klokken var ved at blive mange, så Jack skulle tage hjem og få hvilet sig. "Så kan vi snakkes ved i morgen ovre på skolen, og så håber jeg, at jeg har fundet noget på doktor Morris." Jack tog sine ting og kørte hjem. Heldigvis var han så træt, at han faldt i søvn, så snart hans hoved ramte puden. Dagen efter stod Jack op og lavede sin morgenrutine, som han plejede, og cyklede på arbejde. Da han kom over på skolen, var professoren ikke på sit kontor, men han var også tidligt på den, så Jack vendte sig om og gik op mod lærerværelset. Der stødte han ind i den sidste person, han ikke ville se: Fru Trisseltoft, men hun virkede glad i dag. "Nå, Jack, hvordan har din første uge været?" "Den har været rigtig god," svarede han, "og jeg glæder mig til at bruge en masse tid med de unge og dele al min viden med dem." "Det er jeg glad for at høre, Jack," sagde fru Trisseltoft. "Fortsæt med det gode arbejde". Jack åndede lettet op og gik over mod lærerværelset. Professoren var stadigvæk ikke mødt op, så Jack satte sig og forberedte dagens lektion og snakkede med de andre lærere. Så startede timerne, og alle gik hver til sit. Da Jack kom ind i undervisningslokalet, begyndte han straks at fortælle de studerende om det, han var bedst til, og det var dinosaurer. Eleverne var helt opslugt af det, og det varede ikke længe, før der begyndte at komme en masse interessante spørgsmål. Midt i timen dukkede professoren op, og Jack undskyldte sig og gik ud til ham. "Her," sagde professoren, "det er alle de oplysninger, jeg kunne finde på ham. Brug dem fornuftigt." Jack gik ind i klassen og fortsatte sin lektion. Da frokostpausen kom, ringede Jack direkte til sin bror og gav ham de ønskede oplysninger. James lovede ham, at han ville finde ud af det så hurtigt som muligt og vende tilbage. Efter frokost fortsatte Jack med sin undervisning, og da timerne var slut, gik han over til professoren og fortalte ham, at han nu bare ventede på sin brors opkald. Klokken nærmede sig 16, og Jack havde endnu ikke hørt noget fra James, da han pludselig fik et opkald fra sin bror. James havde gode nyheder: "Det var meget heldigt, at doktor Morris var kunde i vores bank," sagde James. Jack tog imod oplysningerne og skyndte sig over til professoren for at fortælle ham de gode nyheder. Sammen satte de sig for at planlægge, hvordan de skulle gøre, så de ikke vakte doktor Morris' mistanker. Samme aften kørte de i professorens bil forbi doktor Morris' hus for at se, om de oplysninger, de havde fået, var korrekte. Efter at have fundet et godt sted at parkere tog professoren en kikkert og begyndte at kigge på alle vinduerne i hele huset. Det varede ikke længe, før de fik øje på ham, da han gik forbi et af vinduerne- "Det er ham," råbte professoren og gav Jack et kæmpe chok. Professoren lagde kikkerten fra sig, skyndte sig at starte bilen og kørte hjem. På vejen snakkede de sammen om, hvordan de skulle finde ud af, om doktor Morris stadigvæk var ude på noget, eller om han var ude efter hævn. Efter en lang køretur sagde professoren, at han ville finde ud af noget til i morgen. Jack satte sig på sin cykel og cyklede hjem. Da han kom hjem, sad han og så lidt fjernsyn, så han kunne tænke på noget andet, indtil han blev træt og faldt i søvn. Dagen efter gik dagen som de øvrige dage indtil frokost, hvor han og professoren udvekslede et par ord om, at Jack skulle komme hjem til ham efter arbejde og aftale, hvad de skulle foretage sig. Da Jack var færdig med dagens opgaver, cyklede han over til professoren, så de kunne lægge en plan. Professoren og Jack havde begge to ideer, men til sidst kom de frem til, at de først skulle skygge doktor Morris et par dage for at finde ud af, hvad han gik rundt og lavede, før de kunne planlægge videre. Da Jack kom hjem og endelig kunne slappe af, kom der en mand over til ham og sagde: "Hvorfor følger du efter mig?" Jack kunne ikke se, hvem det var, men da han kom tættere på, kunne han se, at det var doktor Morris. Jack var helt mundlam, det var, som om et lyn havde ramt ham og lammet hele han krop. Han vidste ikke, hvad han skulle sige. "Ja, når der holder en bil, som man ikke har set holde der før, så undersøger man det fra et sted, som man er sikker på, at folk ikke kender til," sagde doktor Morris Jack spillede bare dum og sagde, at han ikke vidste, hvem manden var. Derpå tog Jack en kæmpe chance og sagde, at manden var mere end velkommen til at komme med op og drikke en kop kaffe, så han kunne fortælle, hvad det hele drejede sig om. Doktor Morris gik med op, og sammen drak de en kop kaffe. Jack var klog nok til at ikke sige for meget, og han lod, som om han ikke vidste noget, men fik bare doktor Morris til at fortælle ham det hele. Doktor Morris fortalte, at han selv og professoren var gamle venner, og en dag fik de en idé om at bygge en tidsmaskine. Men midt i projektet kom hans kone ud for en ulykke og døde kort efter. "Jeg fortalte professoren, at når vi var færdige med den, så ville jeg gå tilbage i tiden og redde min kone. Men så blev professoren helt ude af den og begyndte at ævle løs om, at man ikke må ændre på fortiden. Ærlig talt, der er jo ikke nogen, der ved, hvad der kommer til at ske. Det er jo bare et gæt. Ingen har tidligere bygget en tidsmaskine, rejst tilbage i tiden og ændret noget, så verden blev helt anderledes. Vi ville være de første og de eneste, der ville komme til at udføre noget som dette, så hvorfor ikke prøve det? Derfor har jeg holdt øje med professoren for at se, om han var gået videre med projektet eller ej. Og grunden til, at han ikke har opdaget mig, er, at jeg er og altid vil være klogere end ham. Derfor opdagede I aldrig mig, men jeg opdagede jer." Jack kunne ikke rigtig sige andet end, at han kun kendte professoren fra skolen og havde været hjemme hos ham et par gange for at få hjælp med nogle opgaver til skolen. Doktor Morris kiggede mistroisk på Jack, drak den sidste kaffe i én slurk, rejste sig op og sagde tak for kaffe og undskyld, at han havde spildt hans tid. Så gik han ud af døren. Jack, som troede, at det ville blive en stille og rolig aften, indsås, at den var endt som et helvede. Han vidste ikke, hvad han skulle gøre: Fortælle professoren, hvad der var sket eller lyve over for ham? Eller måske lade doktor Morris deltage i projektet, for et eller andet sted var det jo rigtigt, hvad doktor Morris sagde: Hvem vidste, om tidsrejser ville komme til at påvirke fremtiden? Ingen havde jo prøvet endnu. -Det var jo bare et gæt. Men det måtte han sove på og derpå finde ud af hvad, han skulle sige i morgen til professoren. Dagen efter stod Jack op, og mens han lavede sin morgenrutine, kunne han ikke lade være med at tænke på, at hvis han kom til at sige de forkerte ting til professoren, ville manden måske flippe helt ud og øde-lægge maskinen, og så ville han måske aldrig kunne komme tilbage og udforske Juratiden, sådan som han havde gået rundt og glædet sig til. Der var så mange ting, der skulle udforskes og opleves, at det føltes som om at et helt menneskeliv ikke ville være nok. Da Jack kom på arbejde, prøvede han at undgå pro-fessoren så meget, han kunne, indtil han fandt ud af, hvad han ville gøre. Da frokosten var forbi, blev han i klasselokalet og fuldførte nogle opgaver, som han havde været bagud med, men der gik ikke mange minutter, før professoren kom ind og var helt ude af den. "Hvor har du været hele dagen?" sagde han med en urolig stemme. Jack svarede, at han havde mange opgaver, som han havde været bagud med. "Nå, men pyt med det," sagde pro-fessoren, "jeg har fundet ud af, hvordan vi kan komme tæt på doktor Morris, uden han opdager os." Jack vidste ikke, hvad han skulle sige, andet end at han var meget bagud med alle de opga-ver på grund af den tid, han havde brugt sammen med ham. "Jeg skulle nødig have Trisseltoft på nakken og blive fyret", sagde Jack med et falsk smil. "Nå, men så mødes vi bare hjemme hos mig, når vi er færdige her." Jack nikkede ja med et smil og var lettet over, at han fik et par timer ekstra til at tænke over, hvad han ville sige til ham. Da timerne var slut, kunne Jack ikke rig-tig finde ud af, hvad han skulle sige til professoren, så han be-sluttede sig for bare at sidde og lytte til, hvad han havde at sige. Da Jack kom over til professoren, kiggede han sig omkring for at se, om der var nogen, som holdt øje med ham, mens han langsomt gik over til døren og bankede på. Professoren åbnede døren og lagde sin ene hånd på Jacks skulder og sagde: "Kom ind, min dreng." Jack kastede et blik bagud igen for at se, om der var nogen, der holdt øje med dem, før han gik med ind. Professoren begyndte med det samme at fortælle, hvordan Jack ville skulle støde ind i doktor Morris ved et tilfælde, udstyret med en bog, som han vidste, at doktor Morris godt kunne lide, og på den måde håbe på, at han ville tage kontakt til Jack. Da professoren var færdig, spurgte Jack om doktor Morris, om hvordan han var, og om hvad grunden var, til at de blev uvenner og var gået hver deres vej. Professoren fortalte ham den samme historie, som doktor Morris havde fortalt, bare på hans "rigtige" måde, men Jack var nødt til at sige det samme til ham, som doktor Morris havde sagt til Jack, nemlig at hvordan kunne han være sikker på, at det ville påvirke fremtiden, hvis man ændrede fortiden. Han stillede spørgsmålet for at se professorens reaktion, men professoren sagde, at det var logik: Hvis man ændrede fortiden, så ville det påvirke fremtiden. "Folk i nutiden ændrer sig ikke, bare fordi man ændrer noget i fortiden." "Jamen, hvad med de fossiler, som du har taget med fra fortiden?" spurgte Jack. "Det er jo døde ting, som ingen har holdt en begravelse for, eller som har en familie, som stadigvæk lever," svarede professoren. Jack kunne ikke gøre andet end bare at gøre, som professoren sagde, for det lød overbevisende, og desuden var det ham, som havde tidsmaskinen. Inden Jack gik ud af døren, sagde han til professoren: "Hvis vi skulle følge ham, så skulle vi være hundrede procent sikre på, at han ikke følger os. Bare for en sikkerheds skyld.» Jack kom udmattet hjem, og de sidste tanker i hans hoved handlede om, hvad han nu havde rodet sig ud i. Dagen efter var han mere overbevist om, at det var på professorens side, han skulle være, hvis han ville opleve det sus igen. Men intet skulle påvirke hans daglige arbejde, så han holdt sit arbejde og sit privatliv adskilt. Han snakkede kun med professoren om ting, der omhandlede skolen, og ventede med det andet til efter arbejde. Da timerne var slut, udførte Jack sine sidste opgaver, før han gik ned til professoren. Han havde besluttet sig for at prøve at få doktor Morris til at tage kontakt til ham. Men inden Jack tog af sted, fik han professoren til at love ham, at han ikke ville følge efter ham og måske blive opdaget og spolere det hele. Jack tog af sted til doktor Morris med bus og tog, og nogle timer efter stod han ude foran hans hus. Da Jack blev lukket ind i doktor Morris' hus, prøvede professoren at overbevise Jack om, at der ikke foregik noget som helst i professorens ydmyge liv, udover arbejde og hjem. Måske var det doktor Morris, som havde fortsat det videre arbejde med projektet. Doktor Morris så ikke overbevist ud og sagde til Jack, at han var mere end velkommen til at kigge sig rundt og se, om han kunne finde noget, som tydede på en tids-maskine. Inden Jack gik ud af døren, sagde han, at han syntes at doktor Morris skulle holde sig væk fra både ham og professoren, ellers ville han tilkalde politiet, hvis han så ham i nærheden. Jack skyndte sig tilbage til professoren. Han havde besluttet sig for, at doktor Morris holdt øje med ham, og håbede på, at pro-fessoren ikke ville flippe ud og ødelægge maskinen. Da Jack ankom til professorens hus, var det allerede halvmørkt. Nu ville han ikke spilde mere tid, men fortælle ham, at han blev holdt øje med. Professoren åbnede døren, og Jack kunne straks se, at han var i gang med noget. Han tænkte ved sig selv: Bare han ikke har ødelagt maskinen. Men da de kom ned, var han heldig-vis i gang med at samle den. Jack fortalte professoren, at doktor Morris vidste, hvem de var. "Vi bliver holdt øje med." "Det over-rasker mig ikke," sagde professoren, "men det forhindrer mig ikke i at fuldføre min mission i livet. Tag hjem og hvil dig, Jack, og kom forbi i morgen og få en tur til. Man skal opleve alt det, man kan, inden vi måske bliver afsløret og mister maskinen."

Jack gik hjem og begyndte at finde ud af, hvad han skulle tage med på rejsen, og hvad han skulle tage med tilbage, for når han ankom til Juratiden, havde han en strategi for, hvilke ting han skulle foretage sig, så han fik det bedste ud af sin tid, for han vidste aldrig, hvornår det blev hans sidste tur. Dagen efter var Jack mere end forberedt, og han kunne ikke vente med at tage hjem til professoren. Jack gjorde alt, hvad han kunne, for at få dagen til at gå hurtigt. Da klokken slog 16.00, var Jack den første ude af døren. Da han ankom til huset, kunne han se, at professoren ikke havde fået meget søvn og så lidt træt ud, men det forhindrede ham ikke i at gøre sig klar til at komme af sted. Professoren begyndte at trykke på de forskellige knapper. Jack trådte ind i maskinen og mærkede det nu snart velkendte susen i maven, Han ventede, mens lyden blev højere. Pludselig slog det ham, at det da vidst varede længere end sidste gang. Han begyndte at tænke tilbage ... Nej, han var sikker på, at den stigende tone varede længere end sidste gang. Han begyndte at få klaustrofobi af den trange plads. Lyden blev højere og højere, så han til sidst med besvær måtte stoppe sine fingre i ørerne. Lyden blev ved med at stige ulideligt, og som om det ikke var nok, begyndte maskinen også at ryste voldsomt. Jack kunne mærke sin mave vende og dreje sig. Med et brag slukkede lyset, og Jack væltede ud af det blå og landede på maven med ansigtet vendt mod en blød græsplæne. Han kom til bevidsthed, uden at vide hvor længe han havde været væk fra sin krop. Han lå med lukkede øjne og indsnusede duften af saftigt, nyklippet græs. Imens han lå der og bare nød den dejlige duft, var der en lille hjernecelle, som prøvede at fortælle ham, at det hele var helt forkert. Han løftede brat hovedet op med vidt åbne øjne. Det første, som fangede hans blik, var det lille hus, som stod solidt plantet få meter væk, fra hvor han lå. "Hvad er der gået galt?" Tanken fløj gennem hans hoved. Han rejste sig op og kiggede sig omkring. Der lå et lille dusin huse spredt rundt omkring, med flotte, velholdte haver foran. Gader og fortorv snoede sig velplaceret mellem husene. Bag den lille by kunne han se et grønt tæppe af træer. Solen skinnede, og himlen var helt lyseblå. Jack sukkede lettet. Der var heldigvis ikke sket andet, end at han var endt i sin egen verden. Han rettede på sin skjorte, som var blevet krøllet af hans lille lur, og gik hen til det nærmeste fortorv. Han måtte skynde sig at finde professorens hus og tjekke, om han havde efterladt nogen spor. Måske kunne han nå at skjule dem, så professoren aldrig ville opdage, at han var kommet til at trykke på noget og havde ødelagt maskinen. Han kiggede rundt på gadeskiltene, fra det ene til det andet. Der gik noget tid, før det gik op for ham ... at han ikke kunne læse, hvad der stod. Det var et helt andet sprog, disse skilte var skrevet på, men ikke nogen bogstaver, som han genkendte. Hans første tanke var, at han måske var havnet i et mellemøstligt land. Men som lærer havde han studeret flere forskellige sprog, og dette lignede bestemt ikke noget, han kunne genkende. Så slog det ham: Det lignede mere en form for runer. Men det gav da slet ingen mening, for de gamle vikinger havde da ikke haft flotte murstenshuse med veltrimmede haver. Så dukkede den første levende person op på vejen. Han åndede lettet op. Den unge dame, som kom gående imod ham, lignede en helt normal person uden økse eller uredt hår. Han smilede venligt til hende, da hun passerede hans venstre side, men hun stirrede bare fortsat lige frem uden at ænse ham. Jack kom frem til den vurdering, at han nok havde slået hoved så meget efter den voldsomme tur, at han ikke var i stand til at læse skiltene ordentligt. Han fortsatte ad det velholdte fortorv. En lille dreng kom slentrende imod ham. Jack kiggede mere indgående på ham for at se tegn på, om der var noget anderledes ved denne dreng. Drengen ænsede ikke Jack, men fortsatte sin kurs lige ud. Jack vandrede videre i sin søgning efter universitet.

Alt omkring ham virkede så bekendt, men alligevel så uigenkendelig. Jack vandrede videre ned ad de snoede veje med de velformede haver og velholdte villaer. Jack nåede ud til en større og mere befærdet vej. Her var en del flere mennesker og butikker, men alt så bare anderledes ud. Så dukkede der en eller andet form for bil op, som han aldrig havde set før. Den kom kørende over mod en stor vej, og pludselig kom der to robotarme ud på hver sin side af bilen, som gik ind i nogle huller i bilen som åbenbart var en del af designet, og så blev den samlet op på en slags omvendt rullebånd. Da han kiggede længere væk, så han en masse biler, som også var på det omvendte samlebånd. Det kan ikke passe, tænkte Jack. Professoren må have sendt mig til fremtiden. Jack begyndte at gå tilbage, til hvor han kom fra, så han kunne tage disken frem og rejse tilbage til sin egen tid, men på vej tilbage kunne han ikke lade være med at tænke på, hvordan fremtiden mon udviklede sig. Jack stoppede op og tænkte, at han måske ikke fik en chance for at se fremtiden igen, så han gik hen til en kvinde, som stod og ventede ved et busstopsted, og sagde: "Undskyld, men ved du, hvilken vej jeg kan tage til Harvard Universitet?" Kvinden reagerede først slet ikke, men kiggede bare efter sin transport. Langsomt begyndte hun at vende hovedet mod Jack og kiggede på ham med mistroiske øjne. Jacks første tanke var, at det godt nok var lang tid siden, han havde været ude på gaden og møde dagens kultur. Hun åbnede munden, men det var, som om hun ikke rigtig vidste, hvad hun skulle sige. Pludselig kom der en talestrøm af fremmede sprog, som lød så saligt med en fin klang af musik. Men ud fra tonefaldet var der ingen tvivl om, at kvinden var irriteret over hans tilstedeværelse. Inden Jack kunne nå at reagere, kom der en uventet lyd, der spredte sig over hele byen. En lyd, som Jack ikke kunne forbinde med noget andet, han tidligere havde hørt eller hørt om. Lyden var skinger og kom i korte toner, men ud fra strukturen var der ingen tvivl om, at det var en form for alarm. Jack kiggede forskrækket op mod himlen, det lød som om lyden kom fra de skyer, som svævede rundt højt oppe på himlen. Lyden mindede om en blanding af gale fugleskrig og høje tordenbrag. Der kom ingen reaktion fra de omkringgående mennesker, enkelte kastede et blik op på himlen og gik hurtigt videre. Jack kiggede igen op på himlen og måtte gnide sig i øjnene. Oppe på himlen kom der ude fra horisontens sider et kæmpe skjold, som bevægede sig ind over byen og lydløst dækkede den helt.

Det store tag var gennemsigtig, så det dækkede kun en smule af solens stråler, mest som en sky, der var trukket hen over byen. Jack løb hen til en forbipasserende ung dame og greb fat i hendes arm. "Hvad er det, der sker?" råbte han fortvivlet, mens han kiggede med bedende øjne på pigen med det lange, brune hår. Hun kiggede på ham med skræmte øjne og vred sig fri af hans greb og råbte op. Det sprog, der kom ud af hendes mund, var Jack sikker på, at han aldrig havde hørt før. Hvilket land og år var han havnet i? Få sekunder efter samlede skjoldet sig som et beskyttende loft over byen. Så var alt stille omkring ham. Nu var folk stoppet op og kiggede op mod himlen, som om de afventede at få en afklaring på noget. Selv bilerne på gaden var stoppet op, og folk var steget ud af bilerne. Der var ingen snak, ingen spørgsmål. Pludselig lød et brag. Det var, som om det kom langt væk fra, men alligevel tæt på. Jack vendte sig rundt for at få øje på kilden til lyden. Men han behøvede ikke at spejde længe. Pludselig var himlen dækket af brag og ildkugler, som hamrede mod skjoldet. Jack holdt sig for ørerne og stirrede mod de kæmpe ildkugler, som ramte skjoldet med få sekunders mellemrum. Han blev opmærksom på skjoldet. Det så solidt ud, men han blev i tvivl, om det ville holde til angrebet. Flere steder var det blevet bøjet nedad, der hvor de utallige ildkugler havde ramt. Nu døde angrebet af ildkugler stille hen. Jack fik samlet sig igen og opdagede, at han var kravlet ned under en bænk. Inden han nåede at samle sig nok til at kunne kravle ud af sit skjul, så han op og fik forskrækket øje på en ung dame stå og række hånden ud mod ham. Hun viftede med hånden som tegn på, at han skulle tage den. Efter et sekunds tøven tog han fat i hendes hånd og lod sig trække med hen ad gaden. Folk var igen fortsat med deres gøremål, som før angrebet startede. Mens den ukendte unge dame i al hast førte ham hen ad gaden og videre ned ad en lille gyde, hørte Jack en metallisk lyd. Han kiggede op på himlen igen. Hen langs undersiden af skjoldet, som stadig lå som en beskyttende hinde over byen, så han nogle skinnende skabninger bevæge sig hen til skaderne. Det lignede mest af alt nogle kæmpe mekaniske edderkopper med lange ben. Var de virkelig i gang med at reparere det mærkelige skjold? Jack forstod ikke helt, hvad der skete. Han håbede på, at kvinden kunne give ham svar på alle hans spørgsmål. Hun førte ham væk fra de mekaniske edderkopper, som var i gang med at reparere skjoldet, og hen ad mange gader med flotte villaer, over til et sikkert sted. På vej væk kunne han se, at der kom gnister oppefra, og genstande faldt ned på jorden, . Samtidig prøvede han at forhindre disken i at falde ud af hans taske, som der var gået hul på. Kvinden stoppede op og vendte sig mod ham, og det var først nu, Jack lagede mærke til, hvordan hun så ud. Hun havde langt, mørkt hår, som næsten var sort og faldt blødt ned over hendes skuldre. Hendes grønne øjne lyste op i hendes solbrune ansigt, og de velformede øjenbryn omkransede og fremhævede dem. Hun smilede til ham og stod med afventende mine. "Undskyld, men ved du, hvilket land og hvilket år, jeg befinder mig i?" Hun kiggede på ham med et uforstående blik. Så smilede hun og sagde et par ord, som han heller ikke forstod, og gik sin vej. Den unge kvinde drejede hovedet, vinkede til ham og gik op ad en lille stentrappe, op til et stort hus, hvor døren lukkede efter hende. Jack kiggede sig rundt. Han huskede stedet her og gik videre ned ad fortovet. Endelig nåede han til det sted, hvor han var landet med hovedet i græsset. Han gik over til buskadset, og til hans lettelse var det der, hvor han var landet. Han havde ingen anelse om, hvor længe han havde været væk. Han opdagede nu, at disken var beskidt og havde fået en del buler og ridser, efter at han havde smidt sig på jorden og havde tabt den et par gange, da ildkuglerne ramte det mærkelige skjold. Han børstede den af med sin hånd, mens han kiggede rundt for at se, om nogen kunne se ham. Så indtastede han dato og tid og trykkede på den røde knap.

Turen hjem var også længere og mere støjende, end de andre gange han havde rejst. Da han steg ud af tidsmaskinen, var han ved at vælte bagover og ind i maskinen igen. Hele rummet, som før havde fungeret som professorens arbejdsplads, lå nu i noget, der mest af alt lignede ruiner. Alt var kastet rundt. De fleste bøger fra den store bogreol lå nu spredt ud over hele gulvet, og flere af møblerne var væltet og var endt vidt forskellige steder. Først nu opdagede Jack professoren, som stod midt i al rodet, oven på det væltede skrivebords ene ben. Professoren holdt fat i Jack med begge hænder og spurgte ham, om han var uskadt, men Jack var stadigvæk ikke kommet til sig selv endnu. Så tog professoren en af de væltede stole frem og hjalp Jack over at sidde på den. Professoren begyndte at bladre i en stak papirer og havde åbenbart ikke opdaget, at Jack var kommet til sig selv igen. Jack kæmpede sig vej hen til professoren og satte sig over for ham, oven på den væltede kommode. Endelig kiggede professoren på ham, men hans blik var tomt og fjernt, og Jack var i tvivl, om han overhovedet kunne se ham. Jack vidste ikke, hvad han skulle gøre, andet end at spørge ham, hvad der var sket. Der kom et lille glimt i professorens øjne, og det var, som om han langsomt vågnede efter en lang dvale. "Jeg har ingen anelse. Jeg har samlede maskinen, præcis som den skal, men jeg ved ikke, hvad der gik galt." Jack fortalte, at maskinen havde sendt ham til fremtiden og ikke fortiden. Pludselig stoppede professoren med det, han var i gang med, og kiggede over på Jack. Det er umuligt." Han undersøgte maskinen og så, at den var blevet sat til tilbage i tiden og ikke til fremtiden. "Du må nok hellere gå hjem og hvile dig, så finder jeg ud af, hvad der skete, og prøver at få styr på dette kaos igen. Tak for hjælpen." Professoren rejste sig op og tog endnu en bunke rodede papirer op fra gulvet. Jack rejste sig også. "Jeg vil da gerne hjælpe dig, som tak for alt det, du har gjort for mig, og fordi det var mig, som du valgte til at rejse tilbage i tiden." Jack ventede ikke på svar, men begyndte at rejse de forskellige møbler op, som lå med den forkerte ende opad. Professoren smilede svagt og fortsatte selv med at rydde op. Det var blevet helt mørkt udenfor. Jack ville gerne fortælle ham, hvad han havde oplevet, men kom frem til, at det bedste var at vente, til professoren fandt ud af, hvad der var gået galt først. På vej over til døren sagde professoren: "Nu må vi håbe på, at ingen har hørt al den larm fra maskinen." Jack kom hjem til sin lejlighed og var helt udmattet, men han kunne ikke sove på grund af de tanker, som fløj rundt i hans hoved. Efter mange forsøg på at sove lykkedes det ham at falde i søvn. Dagen efter var Jack for træt til at lave sin morgenrutine, fordi han kun havde fået et par timers søvn. På arbejde prøvede han at holde sig i gang så meget som muligt, så han ikke faldt i søvn. Det lykkedes Jack endnu en gang at komme igennem dagen næsten uden problemer, og heldigvis var det den sidste dag inden weekenden, så han snart kunne få slappet lidt af. Da dagens undervisning var overstået, kunne Jack ikke lade være med at undersøge, om han kunne finde noget om det land, han dagen i forvejen var havnet i. Han søgte efter fremmede sprog på internettet. Han sad i flere timer og undersøgte mange forskellige hjemmesider, men han syntes ikke, han fandt et eneste bevis på, at han havde været i et andet land. Efter endnu flere timer følte Jack, at hans øjne var blevet lige så firkantede som computerskærmen. Han rejste sig. Det føltes, som om han havde siddet på sin bagdel i flere dage. Jack cyklede hjem til professoren for at høre, om han havde fundet ud af noget, og håbede inderligt, at professoren var kommet sig over det, der var sket i går, så han måske ville lytte ordentligt til, hvad Jack havde at fortælle om sin sidste tur. Da han nåede hoveddøren, fik han igen en snigende fornemmelse af, at huset blev overvåget. Han stoppede op og vendte sig rundt, men lige som sidst kunne han intet se. Han bankede på døren, og professoren lukkede ham ind. "Hej, kom og sæt dig," sagde professoren. Jack kunne se, at professoren også så helt udmattet ud. Der så ud som sidst, han havde været der. Det var ikke til at se, at det havde lignet et bombekrater dagen før. De satte sig begge ned i den velplacerede sofa og hvilede ryg og ben. Jack brød tavsheden, da han nu var kommet i tanke om det mærkværdige, han havde oplevet på sin tur til fremtiden. "Jeg kom ikke til Juratiden denne gang. Jeg havnede i vores verden, men jeg ved ikke, om det var samme land. Der skete nogle mærkelige ting, som er svære at forklare." Så fortalte Jack om alt, hvad han havde oplevet med bilerne, der pludselig blev trukket op af robotarme, og om skjoldet, som dækkede byen, sekunder før ildkuglerne ramte, og om de kæmpe mekaniske edderkopper, som reparerede skjoldet. Professoren sad fredfyldt bøjet over en bunke papirer ved sit skrivebord. "Jeg er glad for at se, at du ikke er blevet skræmt helt væk efter det, der skete i går." Han smilede, men det var, som om smilet ikke nåede helt op til hans øjne. Jack brændte inde med sin fortælling, og professoren kunne ikke undgå at bemærke det. "Jeg ved godt, at du ikke tror på min historie, som jeg fortalte i går, men jeg er sikker på, hvad jeg så." Jack kiggede på professoren med et stålfast blik og håbede, at det kunne hjælpe på, at han ville tro på det. Professoren fortrak ikke en mine. Jack kunne ikke se, om han var overrasket eller forundret. Efter lang tids stilhed reagerede han endelig, "Det kan umuligt passe, Jack. Jeg tror ikke, det er noget, der er sket i virkeligheden. Er du sikker på at du ikke har slået hovedet eller sådan noget?" Professoren kiggede på Jack med et fjollet udtryk og havde igen fået lidt mere liv i ansigtet. Jack blev forvirret over, at professoren tog så meget afstand fra hans oplevelse, og han vidste ikke rigtig, hvad han nu skulle sige. Professoren gabte højt og så igen træt ud. "Jeg er ked af det, der skete i går. Men jeg har haft en del problemer med doktor Morris gennem tiden, forstår du. Jeg har arbejdet sammen med ham i mine unge dage, men så blev vi uvenner, og nu prøver han måske at få fat i mine hemmelige opfindelser, så det er derfor, at det måske er vigtigt at få tidsmaskinen væk i en fart, men det er ikke din kamp.» Jack kunne ikke hold sine øjne åbne, og det kunne professoren heller ikke. Nogle timer efter vågnede Jack op for tage noget at drikke. Mens han drak sit vand, kastede han et blik over mod kældertrappen. Derefter gik han ned mod kælderen og over til tidsmaskinen og stod bare og kiggede på den. Så vendte han sig om for at gå tilbage, men pludselig stoppede han op og kiggede tilbage på de røde tal med rynkede øjenbryn. Jack kunne se, at der var noget, som ikke stemte. Han gik tættere på, og så kunne han se, at den dato, som var blevet indtastet, så helt forkert ud. Han begyndte at tælle nullerne, og det var dér, det gik op for ham. Han tog et skridt tilbage og tabte sit glas vand. Der var kommet et nul for meget. Jack løb op til professoren, mens han kaldte på ham. Professoren vågnede op med et meget forskrækket ansigt og så Jack kom løbende over mod ham. Professoren blev bange og troede, at noget meget slemt var sket. Jack hev ham i armen og trak ham med ned til maskinen, mens han råbte: "Jeg ved, hvad der gik galt. Jeg ved, hvad der gik galt." Jack viste ham, at der var blevet tastet et nul for meget ind. Professoren lagde sin ene hånd på panden, og det var dér, at det gik op for Jack, at der var sket noget meget stort. Langsomt begyndte smilet at forsvinde. De var begge i chok og vidste ikke, hvordan de skulle håndtere den kæmpe opdagelse. Professoren stod helt frossen uden at sige noget. Så gik han tilbage og væk fra tidsmaskinen, der som sædvanlig stod i hjørnet. Han stod længe og betragtede den uden at bevæge en muskel. "Åh, kan det virkelig passe?" Professorens udbrud, som havde brudt stilheden, fik Jack til hoppe i luften. Professoren styrtede hen til sit skrivebord og tog fat om en lineal. Han styrtede lige så hurtigt tilbage til maskinen og holdt linealen op foran den lille, aflange skærm, som fortalte, hvilket årstal der blev rejst til. Han holdt den op foran hvert nul, imens han talte. Han måtte tælle efter flere gange. Jack stod bag ham og kiggede med over professorens skulder. "Det kan virkelig ikke passe. Jack, du bliver nødt til at rejse tilbage til den tid igen og finde ud af noget mere." Professoren lavede et par hurtige noter på et stykke papir. "Men professor, jeg forstår ikke helt. Hvad mener du med at rejse tilbage?" Professoren så først helt uforstående på Jack, men så gik det op for ham, at han ikke havde fortalt Jack om alle sine tanker. "Jack, jeg tror simpelthen, vi har opdaget noget helt fantastisk, noget som verden aldrig har vidst før. Jeg tror simpelthen, at der, hvor du har været, er længe før dinosaurens tid." Jack kunne ikke følge med i talestrømmen, men efter lidt tid gik det langsomt op for ham. "Siger du, at der har levet mennesker før dinosaurens tid? Det kan umuligt passe, for så ville der gennem årene været blevet fundet spor efter det." Professoren rystede let på hoved. "Nej, Jack. Det, jeg mener, er, at den verden, du har oplevet, kunne være før vores klodes eksistens. Før the Big Bang! Ligesom vores verden opstod, så må der have været et andet Big Bang, som fik den anden verden til at opstå." Nu forstod Jack, hvad professoren prøvede at sige. Nu var det hans tur til at ryste på hovedet. Jack mærkede sommerfugle i maven og nikkede. "Jack, nu må du lige fortælle mig alt, hvad der skete på din sidste tur. Jeg vil høre om det hele, ned til mindste detalje." Det tog sin tid for Jack at fortælle det hele. Han prøvede at vride sin hjerne for alle detaljer. Da han var færdig, kiggede professoren ud i luften. Det eneste, som Jack ikke havde fortalt om, var mødet med den fremmede pige. Jack var utålmodig for at høre, hvad professoren havde fundet ud af. "Jack, jeg bliver nødt til at sige det her, selv om jeg stadig ikke er helt sikker på det endnu. Jeg tror virkelig, at du har rejst tilbage i tiden." Jack syntes, at professoren lød så afklaret i sin fortælling, men Jack syntes ikke, at det gav synderlig mening. De havde jo hele tiden rejst i fortiden, og den sidste verden havde jo været nutid eller måske fremtid. De satte sig begge ned på stolene, og professoren sagde: "Det kan ikke passe, at der har været en anden verden før vores verden. De brugte meget lang tid på at få den nye opdagelse til at sive ind. Professoren sagde, at nu var han nødt til at holde meget lav profil, indtil de havde fundet ud af, hvordan de helt præcis skulle håndtere de chokerende nyheder. "Gå hjem, Jack, og få sovet lidt," sagde professoren, "det trænger jeg også til Godnat, Jack, vi ses igen i morgen, friske og udhvilede." Professoren gik over til døren og vinkede ham med over. Da Jack kom ud på gaden, kunne han ikke lade være med at kigge fra side til side. Han havde en underligt kriblende fornemmelse af, at huset blev overvåget. Dagen efter vågnede Jack op og var helt på toppen. Nu syntes han, at der var noget andet, der var mere interessant end juratiden. Klokken var kun syv om morgenen, og han vidste ikke, hvad han skulle fortage sig, inden han vendte næsen mod professorens hus, så han lavede sin morgenrutine og ryddede op i sin lejlighed. Tiden gik pludselig hurtigt, og Jack tog tøj på og cyklede over mod professoren, mens han hele vejen kiggede sig omkring for at se, om nogen fulgte efter ham. Da han kom over til professoren, så Jack, at manden var lysende glad, og Jack blev helt ivrig efter at høre mere om den anden verden. Efter at Jack havde fortalt ham om alt, hvad han så, kunne professoren ikke vente med selv at rejse tilbage i tiden og opleve den anden verden, men først skulle Jack tage sig en tur til for at lære den anden verden lidt bedre at kende, og for at se, hvad der ventede professoren. "Jack, er du klar til at rejse tilbage og finde ud af mere om denne anden verden?"

De skyndte sig begge hen til maskinen, og Jack stillede sig ind i den som altid. Professoren lukkede døren efter ham, og alt begyndte at summe som sædvanlig. Men ligesom sidst lagde Jack mærke til, at turen igen tog længere tid. Da alt var stille igen, og rystelserne var stoppet, åbnede Jack langsomt sine øjne. Han var havnet midt i en tætvoksende skov. Den stille visken fra trætoppenes blade og fuglenes sagte kvidren var det eneste, der kunne høres. Jack vidste i første omgang ikke rigtig, hvad han skulle foretage sig. Han var også i tvivl, om han var havnet i den rigtige tid. Han måtte prøve at finde ud af at komme ud af skoven for at kigge efter. Han gik i noget tid uden at finde en lysning i skoven. Endelig hørtes larm fra motorkøretøjer. Jack satte farten op og gik mod støjen. Jack var kommet til en befærdet vej med biler, som hang fra det omvendte rullebånd. På den anden side lå et lille villakvarter. Da Jack kom tættere på, genkendte han det fra sit sidste besøg. Der så fredeligt ud. Jack gik videre ned ad vejen og nåede til den befærdede bymidte, som han havde befundet sig i, da den mærkelige hændelse havde fundet sted oppe over ham. Han stoppede op og rettede blikket mod himlen, men alt så normalt ud. Jack gik videre og kiggede sig omkring. Der var butikker overalt, med en eller andet form for hologramskiltning over butikkerne. Det var ikke til at se, om han var kommet til det samme sted som sidst, da det var lidt mørkere end sidst, han var der, men det var det samme særdeles mærkelige sprog, som stod skrevet på skiltene over alle butikkerne. Da han havde vandret rundt i den store by og suget alle indtryk til sig, bemærkede han, at folk havde en form for headset på og snakkede i telefon. Jack var ikke imponeret, men da han så andre snakke i telefon, var det med en eller anden form for hologramskærm som kom ud fra deres headset. Hver gang de sagde noget, skiftede billedet. Jack kunne kun gætte på, at det var noget internet, hvor folk brugte stemmen til at gå på nettet og søge, for de havde ikke noget i hånden. Han var også forbi havnen og bemærkede fragt- og krydstogtskibe, som var meget større end dem, han havde set i sin egen verden. De var ikke meget højere, men meget bredere, dobbelt så brede som dem i hans verden. Det var, som om to skibe var blevet sat sammen, men kun foroven, så passagererne kom ud fra midten af skibet. Det lignede en hurtigfærge eller katamaran, bare i meget større udgave. Ved siden af lå der en slags lufthavn, og flyene var bygget på samme måde, som om to fly var sat sammen. Han kiggede på sit armbåndsur, og blev overrasket over at se, at han havde vandret i over fem timer. Først nu lagde han mærke til, at bygningernes skygger var blevet længere, som tegn på at solen var ved at gå ned ude i horisonten. Jack begyndte at vandre tilbage og håbede, at han kunne huske vejen tilbage. Da han var på vej ud af byen og begyndte sin vandring tilbage til skoven, fik han øje på den vej, hvor den mystiske kvinde havde ført ham i sikkerhed, sidst han var der, så han begyndte at gå ned ad vejen. Pludselig var det blevet meget dunkelt. Træernes skygger gjorde det ekstra mørkt.

Pludselig hørte han stemmer længere fremme og lyden af trin. Jack stivnede og lyttede. Det var svært at bedømme, hvor langt væk de var. Han krummede sig sammen og listede stille fremad. Nu kunne han se, at der var et lysglimt forude. Pludselig mærkede han en hånd, som klemte hårdt om hans skulder bagfra. Han fik et chok og var lige ved at miste balancen og falde bagover. Han fik rejst sig op og snurrede hurtigt rundt. I tusmørket kunne han ikke se ansigtet på den person, han nu stod foran, men han var ikke i tvivl om, hvem det var. Det løse hår lå fint ned over de markerede skuldre og blafrede let for vindens berøring. Det var den samme dame, som havde hjulpet ham med at komme væk, sidst han var her. Hun begyndte at snakke det sprog, som Jack ikke fattede en meter af, men han prøvede at kommunikere med hende ved hjælp af tegn og kropssprog. Hun smilede med en lille latter og gik videre. Jack havde set nok for i dag, så nu måtte han vende tilbage til skoven og komme væk fra gaden, før han kunne tage disken frem, så han ikke blev set af nogen. Men han kunne ikke få den smukke kvinde ud af sit hoved og kunne ikke lade være med at smile. Da Jack kom tilbage til sin egen verden, lignede han en, som var lidt småberuset, lidt svimmel, men alligevel smilende. Professoren tog direkte kontakt til ham og ville høre alt om, hvad han havde oplevet. "Det var bare en vidunderlig oplevelse. Menneskerne er som os, opfører sig som os og tænker som os. De har alt, hvad vi har, bortset fra at de er meget mere udviklede." Og så var der kvinden, den smukkeste pige han nogensinde havde set. Hun var så perfekt på alle måder, hendes hår, øjnene, læberne og næsen, alt var bare perfekt ved hende. Efter at have snakket sammen med professoren i flere timer gik Jack hjem og trak sin cykel ved sin side. Han ville bare nyde den perfekte afslutning på en perfekt dag. Da han kom hjem, kastede han sig på sengen og kiggede op i loftet. Han kunne se hende for sig, han kunne ikke få hende ud af sit hoved, han havde aldrig haft så store følelser for en, som han havde for hende, og han vidste ikke engang, hvad hun hed. Var det dét, man kaldte kærlighed ved første blik? Eller rettere ved andet blik. Jack vendte sig på siden og lagde sig til at sove. Dagen efter skulle han gøre sig klar til at bruge en hel dag sammen med familien, så han gik så småt i gang, mens han sang, og da han var færdig, satte han sig i sin bil og kørte mod sine forældres hus. Da han ankom, var der som altid en varm velkomst, god mad og god stemning. Efter maden sad de alle sammen samlet og hyggesnakkede. Alle kunne se, at Jack var glad og i godt humør. "Jeg håber, du har fået styr på dine ting siden sidst," sagde hans mor. Jack svarede ja, det havde han - og mere end det- "Det glade ansigt kan kun betyde én ting, og det er, at han har mødt en dame!" råbte hans bror James, "for det smil havde jeg også, da jeg mødte min kone." Jack blev lidt rød i hovedet og sagde, at de ikke skulle sætte deres håb for højt, for han og pigen havde ikke snakket ret meget sammen. "Fortæl mig, hvad i snakkede om," sagde James. "Så kan jeg fortælle dig, hvad det betyder, for jeg er kvindeekspert." Alle grinede, og Jack sagde, at det var mere kropssprog end rigtigt sprog. "Men skal vi ikke vente med at snakke om hende, til jeg har snakket med hende igen og ser, hvad der sker?" Dagen gik rigtig godt, og tiden var kommet til at sige farvel, så alle satte sig i hver sin bil og kørte hjemad. Da Jack kom hjem, dukkede doktor Morris pludselig ud af den blå luft og gav Jack et chok. "Hvad kan jeg gøre for dig, doktor Morris?" "Her forleden dag kunne jeg høre støj fra professorens hus, og jeg vil gøre alt, hvad der står i min magt, for at finde ud af, om der skete noget. Måske har han tabt noget stort. Jeg holder øje med jer," sagde han og skulle til at gå, men Jack tog hårdt fat i hans arme og sagde, at nu var det anden gang, han advarede ham. Doktor Morris skulle holde sig væk fra dem, eller også ville han melde ham til politiet. Jack gik op i sin lejlighed og låste døren efter sig. Han havde ikke tid til at tænke på doktor Morris, for der var nogle opgaver, som han skulle rette. Dagen efter gik han over til professorens kontor for at fortælle ham, at doktor Morris havde stået ved hans dør, da han kom hjem, og havde fortalt, at han havde hørt meget støj fra professorens hus de sidste par dage. "Ingen grund til bekymring, Jack. Jeg har dobbeltisoleret rummet og opdateret min sikkerhed hele søndagen. Nu er jeg også ivrig efter at komme over til den anden verden, og det skal hverken doktor Morris eller nogen anden forhindre mig i. Jeg har nogle papirer, som jeg lige skal gøre færdig, men kom forbi efter arbejde, så kan vi snakke videre om det." Efter arbejde kom Jack hjem til professoren. Manden åbnede døren, allerede inden Jack ringede på, og da Jack kom ind, kunne han se nogle ting, som ikke havde været der før. Professoren begyndte at vise ham det kamera, som var sat øverst op på vinduet og pegede ud mod vejen med en sensor, som var monteret på døre og vinduer. Derefter gik de ned i kælderen, og professoren viste ham også den ekstra isolering, han havde sat op på alle vægge. Så gik professoren op igen og fortsatte med at arbejde videre med de ting, som han var i gang med at sætte op. Han fortsatte med at snakke om, hvad de skulle fortage sig, og hvordan de skulle forholde sig til doktor Morris. De blev enige om, at næste gang han kom forbi, skulle professoren tilkalde politiet og få ham af vejen en gang for alle. Klokken blev mange, og Jack kunne se, at han ikke kom af sted over til den anden verden i dag, så han tog sin jakke på og cyklede hjemad. Hele vejen hjem og hele resten af aftenen kunne han ikke lade være med at tænke på kvinden og på, hvor meget han glædede sig til at se hende igen. Dagen efter var hans dag rolig, og han koncentrerede sig om sit arbejde, selvom det var meget svært, for han kunne ikke lade være med at tænke på den anden verden, og allermest på den smukke dame. Efter arbejde tog han over til professorens hus for at se, om der var sket noget nyt. Så snart professoren lukkede Jack ind, trak han ham med over til en tv-skærm, som viste, hvad der foregik ude på vejen. Professoren pegede på skærmen og fortalte Jack, at denne bil med en mand i havde holdt der, siden han kom hjem. Man kunne ikke helt se, hvem der sad i bilen, så nu måtte Jack tage kikkerten og kravle ud af kældervinduet og komme så tæt på bilen som muligt for at se, hvem der sad derude. Efter at have kæmpet sig ud gennem det smalle vindue gik han bagom og prøvede at komme så tæt på bilen som muligt for at se, hvem der sad i bilen. Få minutter efter kom Jack tilbage og fortalte professoren, at det var doktor Morris, som sad i bilen. Professoren tog straks sin telefon og ringede til politiet og fortalte dem, at der var en mand, som måske var pædofil, som sad i en sort bil af mærket Ford på Vincent Road ud for nummer 1594. Få minutter efter kom politiet over til doktor Morris. Jack og professoren kunne se, at de begyndte at stille doktor Morris nogle spørgsmål. Han blev pludselig aggressiv og var ikke samarbejdsvillig, så politiet var nødt til at anholde ham og tage ham med ned på politistationen. Jack og professoren gik straks ned i kælderen og begyndte at starte maskinen op, og da den var klar, satte professoren sig ind og rejste tilbage til den anden verden. Jack var skuffet over, at han ikke kunne tage af sted, før professoren kom tilbage, og han var bange for, at han heller ikke ville komme over til den anden verden i dag. Men professoren kom hurtigt tilbage og sagde, at han havde oplevet alt, hvad han kunne opleve på en hel dag. Jack så overrasket ud og sagde: "Du kun har været væk i få minutter." "Det er en tidsmaskine, Jack. Jeg kan være væk i fortiden i flere dage og komme tilbage til nutiden, når jeg vil." Jack var lidt flov over sit spørgsmål, fordi han selv kunne have regnet det ud, men han glædede sig til stadig til at komme over til den anden verden. Men professoren snakkede bare videre om alt det, han havde oplevet, og om hvor fascineret han var. Jack kunne se, at det heller ikke blev til noget i dag, men hvis han ventede til fredag, så kunne han have meget mere tid til at opleve den anden verden uden at tænke på, at han skulle tidligt op dagen efter og på arbejde. De næste to dage prøvede han at koncentrere sig om sit arbejde så meget som muligt, så han ikke skulle lave noget som helst i weekenden, andet end at besøge den anden verden. Han tog derfor ikke kontakt til professoren, men passede sit arbejde.

Da fredagen kom, var han klar til at komme ud af døren, så snart han var færdig på universitetet, og inden længe stod han foran professorens dør, klar til at komme af sted over til den anden verden. Der blev ikke udvekslet mange ord mellem dem, for professoren kunne godt fornemme, at Jack var ivrig efter at komme af sted. Han klappede Jack på skulderen og sagde: "Lad os se at få dig af sted." Og inden længe var Jack ovre i den anden verden. Han begyndte straks at søge efter damen. Efter at have vandret noget tid på den vej, hvor de havde mødt hinanden, fik han pludselig øje på hende. Han fik sommerfugle i maven, følte sig som et lille barn før juleaften. Han prøvede at snakke med hende, men hun lagde fingeren for munden og begyndte at gå i den retning, Jack var kommet fra. Uden at tænke videre over det begyndte Jack at følge efter hende. Pludselig hørtes råb bag dem, og det var ikke svært at gætte, at det var flokken af mennesker, der havde hørt dem. Den unge kvinde begyndte at sno sig gennem gaderne i et hurtigere tempo. Jack havde svært ved at følge med og følte sig kluntet i det nye landskab. Stemmerne bag dem lød nu højere, og det var svært at bedømme, hvor tæt på de var. Tanken slog Jack, at hvis han nu blev fanget eller slået ihjel i denne tid, ville fremtiden så blive totalt ændret? De nåede endelig ud af gaderne og ud på vejen, hvor han før havde været. Han opdagede, at han var stoppet op, da den unge kvinde tog fat i hans hånd og trak ham af sted hen ad vejen.

Den fremmede kvinde førte ham hen til den bygning, hvor de sidst var gået hver til sit. Efter alt besværet var de nået op på øverste etage. Jack prøvede at skjule sit forpustede åndedræt efter de mange stejle trapper, men det resulterede bare i en brændende smerte i siden. Jack faldt omkuld på en hvid sofa, og efter noget tid kom han til kræfter igen og bevægede sit blik rundt i lokalet. Det var ikke noget stort lokale, han befandt sig i, men der var en dejlig stemning med mørklagte vinduer og dæmpet lys. Han kunne ikke se kvinden, som havde bragt ham hertil, men så kom hun ind i rummet. Jack lagde først nu rigtig mærke til, hvordan hans redningskvinde, eller måske kidnapper, så ud. Hun var høj og slank og havde meget lange ben. Hendes hår var langt, glat og rødbrunt. Hendes ansigt havde små, fine træk, og huden var let lys. Hun gik rundt og åbnede og lukkede skabe og skuffer, ryddede op i en masse papirer, og hun virkede, som om hun ikke ænsede Jack. Jack følte sig træt og udmattet og lukkede øjnene, men kunne ikke rigtig finde ro i sine tanker. Jack kunne se med sit slørede blik, at kvinden var stoppet op og nu kiggede på ham med opmærksomme øjne. Hun gik over til vasken og fyldte et glas med vand. Hun nærmest svævede over til Jack og gav ham glasset i hånden. "Drik det hele, det vil hjælpe." Uden at tænke mere over det satte Jack glasset til munden. Først nu opdagede han, hvor tørstig han havde været. Vandet gled ned i én stor slurk. Han faldt tilbage i sofaen og mærkede en døsighed omslutte sin krop og sit hoved. Han sukkede let og faldt stille hen i en drømmeløs søvn. Da han vågnede op, kunne han se en ældre mand, som snakkede med damen. Han kiggede rundt i lokalet og prøvede at få øje på sin rygsæk, som disken lå i. Pludselig fik de øje på ham, og begge kom over til Jack. De havde en tegning af, hvad der lignede et kort over Jorden, men det så anderledes ud, end dem han kendte. Den ældre mand pegede på kortet og tog hårdt i Jacks hånd og prøvede at få Jack til at pege på, hvor han var fra, men Jack var helt lammeslået og bange, så han holdt sin mund lukket. Manden rejste sig op og begyndte at snakke til damen på det sprog, som Jack ikke forstod noget af, mens han kiggede over på Jack. Jack kunne fornemme på tonen, at det ikke var noget rart, de talte om. Derefter stormede den gamle mand ud af døren og smækkede døren efter sig. Damen satte sig ved siden at Jack med verdenskortet i sin hånd og begyndte at sige noget, men han forstod ikke, hvad hun prøvede på at sige. Han kiggede sig omkring efter sin rygsæk og lagde sin hånd stille og roligt over på hendes, som tegn på at han var et fredeligt menneske. Så tog han noget at skrive med og på og begyndte at tegne et nyt verdenskort. Han prøvede at forklare med tegnsprog, at han ikke var fra denne verden. Kvinden kunne ikke helt forstå, hvad Jack prøvede at forklare hende, så derfor begyndte han at tegne tidsmaskinen, så godt som han nu kunne huske det, og prøvede igen at forklare trin for trin, hvordan han var havnet her. Efter noget tid kunne hun godt forstå, hvad han prøvede at forklare, og så rejste hun sig voldsomt op og lagde hænderne for munden af chok. Jack rejste sig også op og holdt om den forskræmte dame. Han sagde, at han gerne ville se hende igen, og prøvede også at forklare hende det med tegnsprog. Hun så fortvivlet ud og vidste ikke, hvad hun skulle gøre af sig selv. Jack vendte sig rundt i lokalet og prøvede at få øje på sin rygsæk. Pludselig så han den og løb over til den for at se, om disken stadigvæk var i den. Heldigvis var den der stadigvæk, og Jack tjekkede den for at se, om nogen havde prøvet at pille ved den eller måske var kommet til at øde-lægge den. Men den så fin ud, så Jack gik over til kvinden igen og krammede hende tæt til sig og sagde: "Vi ses snart igen." Derefter gik han ud ad døren. Hele vejen tilbage til skoven kig-gede han sig rundt for at se, om nogen var efter ham, og han så ikke, at damen fulgte efter ham. Da han kom tilbage til skoven, startede han disken og indtastede dato og tid, og så forsvandt han. Damen kunne nu se, at alt, hvad Jack havde prøvet at for-tælle hende, var sandt. Da Jack kom tilbage til sin tid, undlod han at fortælle professoren, hvad der skete med ham ovre i da-mens lejlighed, eller om den ophidsede mand. Han nøjedes med at fortælle, hvad han havde oplevet, inden han mødte kvinden. Hele dagen og aftenen snakkede Jack og professoren om den anden verden, og om deres utrolige opdagelse. Klokken var mange, og Jack begyndte at vende hjemad, men inden han gik ud af døren, ville han sikre sig, at han også fik lov til at rejse til den anden verden igen i morgen. Dagen efter kunne Jack ikke tillade sig at komme så tidligt, så han tog ud på skydebanen for at få tiden til at gå. Da det blev middag, tog Jack over til professoren, og professoren stod klar med det hele, så Jack spildte ikke noget tid og gik ind i maskinen. Efter et kort øjeblik lå han på græsplanen, som han kunne genkende. Han rejste sig op og gik over mod det sted, hvor damen boede. Det lykkedes ham at komme ind i hendes bygning, og foran hendes dør bankede han på. Da hun åbnede, vidste hun ikke, hvad hun skulle gøre, men Jack smilede så meget over at se hende igen, at hun ikke kunne sige nej til ham. Han gik ind i lejligheden og satte sig ned på sofaen, klappede sin hånd på sofaen, som tegn på at hun skulle sætte sig ved siden af ham. Damen satte sig ned, lagde hænderne på sit knæ og sænkede hovedet. Jack lagde sin finger på hendes hage og løftede hendes hoved op og kyssede hende på munden. Han tænkte ikke over, om det var det rigtige at gøre, eftersom hun ikke kyssede tilbage, så han åbnede sine øjne og kiggede hende dybt ind i hendes smukke blå øjne. Efter nogle sekunder, hvor de bare sad og kiggede på hinanden, kom de tæt på hinanden igen og begyndte at kysse intimt. Bagefter sad de og snakkede med tegn og kropssprog i meget lang tid. Jack fandt ud af, at hun hed Reynora Treynora, og hun forklarede ham om, hvor ildkuglerne kom fra. Det viste sig, at hendes land var i konflikt med et andet land, og engang imellem affyrede de nogen skud. Derfor skulle de løbe væk fra den flok mennesker, som fulgte efter dem, for hvis Jack ikke kunne snakke deres sprog, så ville de skade ham eller måske ligefrem dræbe ham. Jack lagde også mærke til, at ingen af hendes el-apparater var sluttet til noget, men alligevel var de tændte. Han begyndte at undre sig over, hvor de fik strøm fra. Kvinden grinede og forklarede ham, at de havde trådløst el-netværk, men Jack forstod det ikke i starten. Efter noget tegnsprog og kropssprog gik det op for Jack, at der kun var ét el-netværk, som sendte trådløs strøm til hele landet. Derefter gik de ud for at få noget frisk luft. Reynoras høretelefon, som var en slags telefon, ringede, og en hologramskærm kom op foran hendes ansigt. Han havde godt nok set det før, bare ikke så tæt på, og var helt fascineret over det. Han kunne se, at det var hendes far, og efter noget tegnsprog fra hende fandt han ud af, at hendes far var på vej over for at mødes med dem. Da faren kom, så han ikke glad ud, men efter de havde snakket sammen i noget tid, begyndte hendes far at slappe af i ansigtet. Bagefter gik de alle tre en tur ned ad gaden. Hele vejen prøvede de at snakke sammen, og Reynora prøvede at forklare Jack, at hun havde fortalt alt, hvad hun vidste om Jack, fordi hendes far var den eneste familie, hun havde tilbage, og de fortalte alt til hinanden og havde ikke nogen hemmeligheder for hinanden. Pludselig kom der et kæmpe brag fra himlen, og alle kiggede op og så et stort og bredt fly, som var i flammer og på vej ned mod jorden i meget høj fart. Skjoldet begyndte at danne sig over byen. Jack så flyet begynde at gå i opløsning, ikke på grund af flammerne, men som om flyet skilte sig af med de brændte dele, indtil kun kabinen var tilbage. En form for faldskærm kom op og lod kabinen svæve langsomt ned, og få sekunder inden den ramte skjoldet, kom der en slags airbag under kabinen, som Jack kun kunne forstille sig ville give en blød landing. Lige da alle troede, at det værste var overstået, og folk begyndte at hjælpe de overlevende, kunne de høre en sivende lyd, og alle vendte hovedet op. Pludselig var himlen dækket af brag og ildkugler, som hamrede mod skjoldet. Folk gik i panik og begyndte at løbe væk, men nogle af ildkuglerne ramte de samme steder af skjoldet, som flyet havde ramt, og som derfor allerede var beskadiget. Ildkuglerne gjorde kun skjoldet svagere og svagere. Jack tog fat i Reynora og hendes far og prøvede at få dem væk derfra i en fart, inden skjoldet styrtede sammen, men faren blev ved med at vride sig ud af Jacks greb og løb over for at hjælpe de overlevende. En ildkugle, som Jack kunne se i langsom gengivelse, ramte det svag skjold og brød igennem. Der lød en kæmpe eksplosion, og mange mennesker blev kastet omkuld, som om de var dukker. Reynora prøvede at løbe over til sin far, men Jack holdt hende tilbage. Da det endelig var overstået, ville de gå over for at se, om hendes far var kommet til skade, men politiet og redningsfolk lod dem ikke komme forbi i starten. Da Reynora så sin far ligge livløs på jorden, mens redningsfolkene prøvede at hjælpe ham, kunne ingen holde hende tilbage. Hun løb med tårer i sine øjne over til ham, og da faren hørte hendes stemme, åbnede han langsomt sine øjne og sagde noget, som Jack ikke kunne forstå. Han gættede på, at det han fortalte hende, at han elskede hende. Reynora holdt sin fars hånd i begge hænder og brød i gård, mens hun sagde noget til sin far. I samme øjeblik gik hendes far bort.

Jack kunne ikke gøre andet end at holde om hende og prøve at trøste hende, så godt som han nu kunne. Da det hele var overstået, og redningsfolkene var i gang med at pakke sammen, tog Jack og Reynora tilbage til hendes lejlighed. Jack prøvede at gøre alt for at trøste den knækkede dame, men hun rejste sig op og begyndte at tegne på et stykke papir og forklare Jack, at de kunne rejse tilbage i tiden og redde hendes far. Det var hårdt for Jack at forklare hende, at man ikke må ændre på fortiden. Der var ikke andet, Jack kunne gøre, end at prøve at sige, at han ville rejse tilbage til sin egen tid og prøve at finde ud af, om han kunne gøre noget for hende. Jack vidste ikke, om hun forstod, hvad han prøvede at fortælle hende. Han var ikke meget for at efterlade hende alene her, men han var nødt til at rejse tilbage til sin egen tid og prøve at se, om der var noget, han kunne gøre. Da Jack kom tilbage til sin egen tid, fortalte han professoren, hvad der var sket, og spurgte, om der var noget, de kunne gøre for hende. Professoren var nødt til at tænke over det og sagde, at han faktisk var i gang med at bygge en ny disk, så de begge kunne rejse over til den anden verden og opleve den sammen, men nu måtte han tænke over det andet. Jack tog nu hjem, men kunne ikke sove. Han prøvede at finde en løsning, der kunne hjælpe Reynora og hendes far. Dagen efter måtte han ringe til sine forældre og melde afbud, da han hellere ville over til professoren og se, om de kunne finde en måde at hjælpe Reynora på. Da han kom over til professoren, var professoren ikke forberedt på at se ham så tidligt, da han troede, at Jack skulle til familiekomsammen, og det var der, hvor det gik op for professoren, hvor meget Reynora betød for ham. De satte sig ned og begyndte at finde en måde at hjælpe hendes far, uden at skabe kaos i den anden verden. Efter mange timer kom de frem til, at hvis Jack tog tilbage til dagen, før Reynoras far blev dræbt, og overtalte ham til at komme med tilbage til vores verden, så han aldrig blev set af nogen i sin egen verden, så ville det måske ikke skabe kaos. Men først skulle Jack over til hende og fortælle, hvad de havde fundet frem til, så professoren gik i gang med at starte maskinen op, og Jack begyndte at gøre sig klar, og inden længe var han ovre i den anden verden. Jack tog straks over til hende for at fortælle hende, hvad han havde fundet frem til, men da han kom derover, var der ikke nogen hjemme, så han måtte vente på hende uden for hendes dør, indtil hun kom hjem. Han kunne ikke lade være med at tænke på, om der var sket noget med hende, eller om hun havde gjort noget ved sig selv. Efter noget tid dukkede Reynora op, og straks løb Jack over til hende og krammede hende. Derefter gik de op til hendes lejlighed, og Jack prøvede at forklare hende, hvad den bedste løsning ville være. Reynora var ikke meget for ikke at komme til se sin far, men hun var bare glad for, at hendes far ville være i live. De krammede og kyssede passioneret i et stykke tid. Så strøg Jack hendes hår bag øret og kiggede på hendes smukke øjne og sagde med tegnsprog, at hun og hendes far skulle tage med over til Jacks verden. Der var stille i et kort øjeblik, og Reynora vidste ikke, hvad hun skulle sige til ham. Hun tænkte meget på alt, hvad der foregik i hendes liv lige nu, men det ville ikke være et godt liv uden hendes far. Efter at have snakket sammen i nogle timer og prøvet at finde ud af, hvad de skulle gøre, begyndte Jack at gøre sig klar til at komme tilbage til sin egen verden. Inden han gik ud af døren, gav han hende et kys, som Jack ikke kunne få nok af. Jack kom tilbage til sin verden, og straks begyndte han at fortælle professoren, hvad de havde fundet ud af, men professoren var stadig skeptisk, for deres plan ville stadigvæk påvirke den anden verden. Jack sagde, at det var lige meget med den anden verden, for den eksisterede ikke mere. Professoren sagde, at vores verden er afhængig af den anden verden. Hvis den anden blev påvirket, var det ikke til at vide, hvad der kom til at ske med vores verden. «Jeg må tænke over det lidt mere endnu, og desuden er jeg ikke færdig med at bygge den anden disk.» Jack spurgte, om der var noget, han kunne hjælpe med, men professoren ville hellere være alene og kunne bedst arbejde alene. Klokken var ikke mange, så Jack besluttede sig for at tage over og besøge familien. Hellere være sammen med dem en halv dag, end slet ikke at se dem. Han fik lov til at låne professorens bil, så han sparede tid på at cykle hjem og hente sin egen bil. Jack kørt over for at overraske sin familie, og positivt overraskede blev de over at se ham. De var stadigvæk i gang med at spise, så han satte sig med det samme og spiste sin mors gode mad. Bagefter sad de ude i haven, og alle var spændt på at høre, om der var sket noget nyt med Jacks nye kærligheds-liv. Jack ville ikke sige andet, end at det var mere indviklet, end han troede. Kun tiden ville vise, hvad der kom til at ske. Aftenen kom, og folk begyndte at køre hjem, men Jack blev for at snakke med sin far. Han håbede på, at han kunne hjælpe ham med sit problem, så han bad sin far om at sætte sig ned, for det, han kom til at høre, var beyond hans fantasi. Han fik ham også til at love, at det kun blev mellem dem og ingen andre. Faren blev bange og tænkte de værste tanker. Jack fortalte ham alt om, hvad han havde oplevet de sidste par uger. Jacks far sank endnu længere ned i sin stol, mens han gned sig i øjnene, og sagde til Jack, at han håbede, han ikke lavede sjov med ham. Men da han så Jacks ansigtsudtryk, kunne han se, at Jack var alvorlig. Faren rejste sig op og gik rundt i lokalet med sine hænder bag ryggen. Jack vid-ste ikke, hvilket svar han forventede af sin far, og faren vidste ikke, hvad han skulle sige til Jack, andet end at det gav mening, hvad professoren sagde med hensyn til, at det ville påvirke vores verden, med mindre Reynoras far var "død". "Så kunne du tage ham med til vores verden." Jack spurgte, hvad han mente med "død". Faren svarede, at han havde hørt, at man kunne sprøjte noget ind i en person, så han virkede død i cirka en halv time, og så kunne man genoplive personen igen. Men der var selvfølgelig kun noget, han havde hørt og set på tv. Han vidste ikke, om der var noget, der virkelig eksisterede. Faren kunne ikke sige meget andet, end at det var en svær beslutning, og at Jack måtte følge sit hjerte. Kun han selv kunne tage stilling til, hvad han syntes, der skulle ske. Jack tog sin jakke på og sagde farvel til sin mor og far og kørte over til professoren for at aflevere hans bil. Da han kom derover, foreslog han det, som hans far havde sagt til ham, uden at sige, at det var farens forslag. Men professoren afviste ideen med det samme, fordi det ikke kunne lade sig gøre, da Reynoras far skulle på hospitalet og derefter ned i kølerummet, indtil der kom nogen og måske skulle kigge på ham igen, og det ville tage meget mere end en halv time. "Hvis I kunne fjerne ham fra ulykkestedet inden for en halv time, så har I ikke ressourcer til at genoplive ham igen." Jack vidste ikke, hvad han skulle sige eller gøre. Det var ved at blive sent, så han valgte at køre hjem og sove, for han skulle også op og på arbejde dagen efter. Da vækkeuret ringede om morgenen, var Jack helt ødelagt i kroppen og havde allermest lyst til at ringe og melde sig syg, men det kunne han ikke tillade sig, siden han var nyansat, så han måtte bide i det sure æble og finde en måde at komme igennem dagen på. I frokostpausen sad han sammen med professoren for at finde ud af, hvad professorens plan var, men som altid ville professoren helst ikke snakke om emnet i skolen, så Jack måtte vente, til han kom hjem til ham efter arbejde. Da den sidste time var overstået, skyndte Jack sig over til professorens hus for at finde ud af, hvad der ville komme til at ske, men da han ankom, så han en anden bil holde i professorens indkørsel. Jack gik langsomt over mod døren for at se, hvad der forgik. Pludselig åbnede hoveddøren, inden han nåede over til den, og to mænd i billige jakkesæt kom ud, og gik over til deres egen bil. Jack så helt forskræmt ud og kunne ikke vente med at høre, hvem de var, og hvad de ville med professoren. Professoren vinkede farvel til de to mænd, mens de kørte ud af indkørslen, og så snart de var væk, hev professoren Jack indenfor i huset og fortalte ham, at de to mænd var CIA, som kom for at se, om han arbejdede videre på tidsmaskinen, efter at projektet blev stoppet og uden deres tilladelse. Doktor Morris havde åbenbart fortalt dem noget, den dag han blev anholdt. "Men heldigvis havde de kun nogle spørgsmål, og jeg måtte fortælle dem, at doktor Morris var blevet lidt småskør, efter at projektet blev stoppet, så de to CIA-mænd snusede heldigvis ikke så meget rundt i kælderen." De satte sig ned, og Jack var bange for, hvad professoren nu ville gøre, for han kunne se på ham, at det var begyndt at blive for meget. Så sagde professoren det, Jack var bange for at høre: "Vi må skille os af med tidsmaskinen." Jacks hjerte sank ned i maven, og han prøvede at overbevise ham om, at han ikke bare skulle droppe sit livs opfindelse, bare fordi to mænd fra CIA kom og stillede nogle spørgsmål. "Det er rutine, at nogen siger noget, og de så kommer for at undersøge sagen, men nu har de været her, og de kommer ikke igen." Professoren var også bange for at miste sit livsværk, så han gik i kælderen for at arbejde videre med den anden disk. Jack gik med ned for at høre, hvad der ville komme til at ske med Reynoras far. Der var stille i et kort øjeblik. Så sagde professoren, at der ikke var andet at gøre end at prøve at se, om verden ville ændre sig, hvis de tog ham med tilbage til vores verden. Men Jack måtte love professoren, at hvis der bare var den mindste smule forandring, så ville de sende ham tilbage. Jack kunne ikke vente med at komme over til Reynora og fortælle hende de gode nyheder, men han kunne ikke lide at spørge professoren om lov. Han ville hellere have, at professoren selv sagde til, så han ikke virkede påtrængende. Professoren kunne godt se, at Jack gerne ville over til Reynora og fortælle hende de gode nyheder. Det kunne man ikke skjule for professoren, så han startede maskinen op, og inden længe var han ovre i den anden verden. På vej over til hende kunne han se, at alt så normalt ud, som om intet var sket. Da Jack stod foran Reynoras dør, og hun åbnede, kunne hun straks se, at Jack havde gode nyheder til hende, for hvorfor skulle han have så stort et smil, hvis der ikke var gode nyheder? Efter de havde snakket sammen i lang tid, var Jack nødt til at tage tilbage. De stod lang tid foran døren og kyssede, for Jack kunne ikke få nok af hende. Men han måtte tage sig sammen for at komme tilbage til sin egen verden. Da han kom tilbage, kunne han se, at professoren havde travlt med at blive færdig med den anden disk. Mens Jack kom til sig selv, spurgte professoren, hvordan det gik derovre, og Jack fortalte ham, hvor glad hun blev for, at de ville hjælpe hende og hendes far. Jack og professoren sad hele aftenen og planlagde, hvordan de skulle gøre. Inden Jack tog hjem, sagde professoren, at hvis alt gik vel, så regnede han med, at den anden disk meget gerne skulle være klar i morgen. Jack var helt udmattet efter sin rejse, så han gik direkte hjem og sov. Dagen efter, da han ikke havde flere timer, cyklede han hjem til professoren som aftalt. Inden Jack fik lov til at tage derover alene, ville professoren gerne med over for at se, om disken virkede optimalt, og så kunne de også opleve den anden verden sammen. Det, professoren glædede sig allermest til, var at møde den kvinde, som havde taget Jacks hjerte med storm. Siden der kun var plads til en i maskinen, var de nødt til at tage af sted en ad gangen. Først satte Jack sig ind i maskinen og var væk, og få minutter efter var de begge i den anden verden. Jack fortalte professoren, hvad han havde oplevet, de gange han havde været her, og hvor Reynoras far blev dræbt, og professoren fortalte, også hvad han havde oplevet, da han var her. Inden længe stod de begge foran Reynoras dør. Hun åbnede og var helt overrasket over at se dem begge, og hun kunne se med det samme, at hun snart ville komme til se sin far igen. Hun gav Jack et stort kram og kyssede ham. Bagefter gav hun også et knus til professoren. På vej ind i stuen sagde professoren at han kunne godt forstå, hvorfor han var faldet for hende. "Hun er jo gudesmuk.". Han kiggede rundt i lejligheden og var væk i det trådløse el-netværk, som gav strøm til alt i hendes lejlighed og til hele byen. Derefter satte de sig alle tre ned på sofaen og begyndte at finde ud af, hvad der ville komme til at ske, og hvornår de skulle gøre det. Professoren forklarede hende, at når de vidste, at den anden disk fungerede, kunne de rejse tilbage til deres verden og tage af sted derfra, fordi kun hovedmaskinen kunne bestemme, hvilken tid de rejste tilbage til. Efter de havde planlagt alt ned til mindste detalje, rejste Jack og professoren tilbage til deres egen verden. Da de kom tilbage, sagde professoren, at det var bedst at rejse over til den anden verden på fredag, fordi de begge var udmattede. "Vi har også et arbejde, som vi skal passe." Desuden var der heller ikke så lang tid tilbage, de næste par dage ville gå hurtigt. "Ikke for mig," tænkte Jack. Da Jack kom hjem, stod doktor Morris foran hans dør, og det var den sidste person, Jack gad at se eller snakke med, så han tog straks sin mobil for at ringe efter politiet. Men doktor Morris tog fat i hans hånd, før han kunne løfte telefonen op til øret, og sagde, at han vidste hvad der foregik, og at han ville ikke give op, før han fandt frem til sandheden. Så gik han sin vej. Det var lige præcis det, Jack ikke ville høre. Nu havde doktor Morris gjort det endnu være for Jack, for nu stod han i et dilemma mellem at fortælle professoren eller lade være og håbe på det bedste. Nu kunne Jack ikke sove på grund af det, doktor Morris havde sagt, og hvad han havde tænkt sig at sige til professoren, og hvordan professoren vil håndtere det. Men han tænkte mest på Reynora og om han mon aldrig ville komme til at se hende igen og dermed bryde aftalen med hensyn til hendes far. Næste dag var Jack ikke helt på toppen, og som om det ikke var nok, blev han indkaldt til møde hos fru Trisseltoft. Det var en af de dage, hvor hun ikke så glad ud. Hun startede med at kigge på nogle papirer med elevernes karakter, og det så ikke godt ud. Eleverne mistede interessen for Jacks fag, og han måtte gøre noget for at få dem til at blive mere interesserede, ellers ville de stoppe det fag, og så ville Jack stå uden arbejde. Han måtte finde en måde at få de unges opmærksomhed, så det første, han gjorde, da han kom ind i lokalet, var at snakke om Jorden, og om hvordan den opstod, og hvad der havde været inden the Big Bang. Resten af ugen snakkede Jack ikke om andet end Jorden og gav dem nogle opgaver, som han håbede ville få dem til at være mere interesserede i Juratiden. Det fik også tiden til gå hurtigere. Da fredagen kom, havde Jack ingen tid at spilde, så han cyklede alt, hvad han kunne, over til professoren, som stod klar med det hele. Men inden de tog over til den dag, hvor Reynoras far døde, skulle de først over og hente hende, for hun var den eneste, som kunne fortælle sin far, hvad der ville komme til at ske. Det ville blive en lang dag med mange ture frem og tilbage for at få dem alle sammen over til Jacks verden. De startede med at tage over til Reynora. Hun og Jack skulle tilbage, og efter hun var kommet sig og faldet til ro, rejste Jack tilbage for at hente professoren. Så skulle Jack og Reynora rejse tilbage til en time før det tidspunkt, hvor hendes far blev dræbt. Efter en lang snak fik Reynora overtalt sin far til at tage med Jack tilbage, og mens professoren tog sig af hendes far, skyndte Jack sig tilbage for at hente hende. Men efter den tredje tur begyndte maskinen at blive overbelastet og varm. Det havde professoren ikke taget højde for, så han måtte skynde sig at få den til at virke igen. Imens kunne Jack og Reynora ikke forstå, hvorfor de ikke kunne komme tilbage, så de begyndte at blive bange. Jack kunne ikke lade være med at tænke på, hvad der var gået galt. Det, han var mest bange for, var, at det havde noget med doktor Morris at gøre. Det eneste, de kunne gøre, var at tage hjem i sikkerhed og prøve igen senere. Tilbage i professorens hus kom Reynoras far til sig selv, og da han kiggede rundt i huset, fik han øje på professoren. Han prøvede at forklare Reynoras far hvad der var gået galt, men Reynoras far misforstod det og troede, at de ville gøre hans datter ondt. Pludselig overfaldt han professoren, og de lå begge på gulvet og rullede, rundt da professoren endelig overmandede ham og prøvede at forklare ham, at de kun prøvede at hjælpe dem. Reynoras far faldt til ro lidt efter, og professoren gik tilbage til maskinen for at få den til at virke. Reynoras far rejste sig langsomt op og gik over til professoren og tilbød ham sin hjælp. Efter noget tid fik de den op at køre, men de kunne ikke få kontakt med Jack og Reynora på nogen måde, så det eneste, de kunne gøre, var bare at sidde og vente på, at de dukkede op. Jack prøvede at få disken til at få forbindelsen med tidsmaskinen, og efter nogle forsøg lykkes det dem at få forbindelse, så Jack startede med at sende Reynora over først, og da hans disk var klar igen, skyndte han sig af sted, inden der gik noget galt igen. Nu var de alle sammen kommet over til Jacks verden. Reynora var lidt længere om at komme over, men da hun fik øjnene op og så sin far, hoppede hun næsten op i luften af glæde, for det var da, det gik op for hende, at det var lykkedes. Men de var alle udmattede. Det var ved at blive mørkt, og Reynora stod ude på terrassen, mens hun lænede sig op ad døren og kiggede på solnedgangen. Jack kom bag hende og holdt om hende, mens han kyssede hende på skulderen. Reynora lagde sit hoved på Jacks skulder og lukkede øjne for at nyde dette perfekte øjeblik. Professoren kunne ikke få nok af de historier, som Reynoras far prøvede at fortælle ham, og de grinede og havde det sjovt. Men da aftenen kom, ville Jack gerne være alene med Reynora, og det ville Reynora også, så Jack fik lov til at låne professorens bil, så de kunne køre hjem til Jack og have lidt tid sammen, inden hun skulle tilbage. Da de kom hjem til Jack, havde han sommerfugle i maven. Det var en dejlig fornemmelse, og alt virkede så godt og rigtigt. Den følelse havde han aldrig haft over for en pige før. Jack tændte for noget romantisk musik og lagde sig ned sammen med Reynora, og så elskede de inderligt sammen. Dagen efter var der intet, som kunne få Jack op af sengen og væk fra Reynora. Først da professoren ringede for at minde ham om, at hendes far savnede hende, samt bemærkede, at nu var han og hans tidsmaskine åbenbart ikke gode nok mere, efter han havde fået fat i damen. Jack sagde, at de var på vej og ville købe noget morgenmad på vejen. "Snarere frokost," sagde professoren. Hele lørdagen brugte de på at vise Reynora og hendes far rundt i hele byen og spise is, da det stadigvæk var lidt varmt. Men da aftenen kom, var det tid til at Reynora skulle hjem, for hun havde også ting, som hun skulle ordne i sin verden. Jack og Reynora var ikke meget for at gå fra hinanden, men hun var nødt til det, så professoren sendte Jack og Reynora af sted, så Jack kunne tage den anden disk med retur. Jack havde dog ikke tænkt sig at komme tilbage lige med det samme, nu hvor han fik chancen for at bruge noget mere tid med hende, så han blev hos hende, indtil hun faldt i søvn, før han tillod sig at tage tilbage. Da Jack kom tilbage, følte han sig helt tom og alene, som om der var en del af ham der manglede, men han kunne også se, at professoren og Reynoras far havde meget tilfælles, og det var der, det gik op for Jack, at så længe hendes var her, så ville hun altid være i hans liv. De satte sig alle tre og hyggesnakkede hele natten, indtil de blev trætte. Jack skulle over til familien dagen efter, så han måtte køre hjem, så han kunne være frisk til i morgen. Dagen efter, da han ankom til sin familie, var han lidt bekymret for, hvordan hans far ville reagere over det, som de har snakket om sidste søndag, men hans far var helt rolig og opførte sig helt normalt. Efter middagen sad de og snakkede om, hvordan de gik med dem alle sammen, indtil Jacks far antydede, at han ville snakke med ham alene. De gik ind i stuen, hvor de var alene, og så spurgte Jacks far om det, som de havde snakket om sidste søndag. Jack var lidt urolig og vidste ikke, hvad han skulle sige til ham, så han ikke blev mere bekymret, end han var i forvejen. Han var jo trods alt en ældre mand og var stresset nok i forvejen, så han fortalte ham, at det hele havde ordnet sig. De havde fået det hele løst, og verden havde ikke ændret sig overhovedet, og at han ikke skulle bekymre sig mere om det. Jacks far var meget lettet over at høre, at det hele ordnede sig, og spurgte ikke mere ind til det. Derefter gik de ud til de andre og snakkede videre. "Har du været inde og planlægge brylluppet med far?" sagde James, da han fik øje på Jack. «Hvornår får vi lov til at møde den mystiske kvinde?» «Snart,» sagde Jack, «meget snart.» Da alle var kørt hjem, valgte Jack at køre over til professoren for at se, hvordan det gik med ham og Reynoras far. Han håbede måske, at professoren havde været ovre i den anden verden og hente Reynora, men da professoren lukkede ham ind, kunne han ikke se tegn på, at hun var der, så de sad og snakkede lidt, inden Jack begyndte at kede sig og valgte at køre hjem. Netop som han var på vej ud af bilen og over til hoveddøren, kom der to mænd over til ham og præsenterede sig som CIA. De ville høre, hvad Jack vidste om professoren, og om han var i gang med noget hemmeligt. Jack kunne ikke sige andet, end at han ikke vidste noget om manden, ud over at han var professor på den skole, som Jack arbejdede på. De stillede ham mange spørgsmål efter det, men Jack holdt fast på, at han ikke kendte noget til andet end, at de var kollegaer. Derefter satte de to CIA-agenter sig ind i bilen og kørte væk. Da han kom ind i sin lejlighed, anbragte han sine hænder i ansigtet og begyndte at gnide hårdt. Han tænkte på, hvad han havde rodet sig ud i, og at det snart måtte stoppe, for ellers ville der blive konsekvenser. Jacks liv var begyndt at blive et rent helvede, så dagen efter gik han over til professorens kontor for at snakke med ham om, hvad der var sket, og fortælle, at flere og flere folk opsøgte ham hele tiden. Måske ville deres held løbe ud og det hele ende galt på et tidspunkt. Professoren sagde, at det også var det, han frygtede. "Måske skulle vi bare stoppe, mens legen er god. Men vi må tage på en sidste rejse og give Reynora besked, inden vi destruerer maskinen." Efter den sidste time cyklede Jack over til professoren og var klar til at blive sendt af sted, der var ingen tid at spilde. Jack og professoren forklarede Reynoras far, hvad de ville gøre, og måske skulle han overveje at få Reynora over til deres verden for altid, for det var den eneste måde, de kunne være sammen. Men Reynoras far var ikke meget for det og prøvede at få dem til at genoverveje det, inden de stoppede broen mellem vores verden og den anden verden. Måske kunne professoren skille maskinen ad og opbevare stumperne rundt omkring, så ingen kunne finde spor af. Men professoren kunne ikke love noget endnu. Først skulle de over og hente Reynora, og så kunne de alle sammen finde en ordentlig løsning på det hele. Professoren havde allerede gjort maskinen klar, og der var ingen tid at spilde, så Jack skyndte sig over til den anden verden, over til Reynora. Hun var meget glad for at se ham og krammede ham grundigt, men hun kunne mærke på Jack, at der var noget galt, så hun rykkede lidt tilbage. Hun kunne se på hans ansigt, at han ikke så så glad ud, som han plejede, og spurgte ind til hvad, der var galt. Jack kunne ikke sige ret meget andet, end at de måtte skynde sig tilbage. Han og professoren ville forklare det hele, når de kom over til Jacks verden. Så indstillede han tiden på hendes disk og sendte hende af sted. Derpå indstillede han sin egen, og inden længe var de i professorens hus. Reynoras far stod for det meste af snakken, fordi det var nemmere og hurtigere. Imens gik professoren i gang med at skille maskinen ad. Reynora kunne ikke forstå det og brød i gråd. Jack kom over til hende og begyndte at trøste hende. Hun prøvede at forklare ham, at hun også havde et liv ovre i sin verden, hun havde job og lejlighed. Jack prøvede at forklare hende, at alt, hvad hun skulle bruge, var her. Hun havde ham og sin far, "og job og lejlighed kan vi altid skaffe til dig her." Efter en lang snak og mange tårer senere kom professoren ind og ville have Jack til at hjælpe sig med at løfte noget, så han gik ned for at hjælpe ham. Reynora og hendes far rejste sig op og gik over mod terrassen, mens hendes far trøstede hende. Jack stoppede op og kastede et sidste blik på Reynora og tænkte på, hvor glad han var for, at hun var i hans liv, inden han gik videre ned ad trappen. Hele aftenen brugte de på at skille maskinen ad. De prøvede at finde ud af, hvor de skulle gøre af alle de dele, og fandt frem til, at nogle kunne være hos Jack og hans forældre, og andre kunne være på hans kontor i skolen, mens resten kunne blive her. De var alle sammen trætte og udmattede, så Jack tog Reynoras hånd og sagde, at nu skulle de hjem og sove hos ham. Jack aftalte med professoren, at han fik lov til at låne bilen, og i morgen tidlig kunne han sætte Reynora af hos professoren, og så kunne de køre sammen på arbejde. Dagen efter, da vækkeuret ringede, var der en flot solopgang, og Jack vendte sig i sengen for at se, om det hele var en drøm. Da han fik øje på Reynora, kom der et stort smil i hele ansigtet. Han puttede lidt med hende, inden han stod op og gik i gang med sin morgenrutine. Derefter kørte de over til professoren for at sætte Reynora af og hente professoren, og så kørte de sammen på arbejde. Dagens arbejde gik rigtig godt, han var begyndt at finde ud af, hvordan han fik eleverne til at blive mere interesseret i sit fag, og han fik dem også til at se, hvor spændende det var. Da den sidste time ringede, kørte Jack og professoren over til en bilhandler for at kigge på en ny bil til Jack, for nu, hvor han havde en dame, kunne han ikke nøjes med en cykel. Der var en bil, som Jack havde drømt om at købe i meget lang tid, og nu hvor han havde et fast arbejde, var det på tide at skille sig af med den gamle skrotbunke. De fik aftalt en pris med bilforhandleren, og om få dage ville den være klar til at blevet hentet. Derefter kørte de over til professorens hus for at være sammen med Reynora og hendes far. Da de kom ind i huset, sad der en fremmed mand i sofaen, og to andre store mænd stod bag ham. Jack kunne ikke få øje på Reynora eller hendes far. Jack og professoren var helt mundlamme. Samtidig hørte de en lyd fra kælderen. Jack gik over for at undersøge det, men en af de mænd, som stod op, stoppede ham med det samme, "Sæt jer ned," sagde manden. Jack havde mange spørgsmål, men kunne ikke rigtigt få ordene ud. Han fumlede med de puder, som var på sofaen, og endelig fik han ordene ud: "Hvem er I, og hvad vil I med os?" Manden svarede med russisk accent, at han vidste alt om dem, og havde hørt, at professoren havde en tidsmaskine. Den ville han meget gerne have fat i. Jack frøs og var helt ude af den. Det eneste, han kunne sige, var, at han ikke kendte noget til det, og hvordan kunne de tro, at han havde sådan en? Den russiske mand sagde: "En lille fugle har fortalt mig, at doktor Morris har meldt jer til politiet om noget med en tidsmaskine." De havde været en tur forbi doktor Morris, og efter noget tid og lidt tortur fik de ham til at indrømme, at han havde meldt professoren til CIA for at bygge en form for tidsmaskine. "Og som I kan se, så har vi forbindelser, så lad være med at tro, at vi er dumme. Fortæl os det, vi gerne vil høre." Professoren var helt stille og sagde ikke et ord. Samtidig gik det op for Jack, at det måske kunne være en af de mænd, som var grunden til, at projektet, som professoren havde arbejdet med hos regeringen, blev stoppet. I samme øjeblik kom en mand kom op fra kælderen, og professoren fik øje på ham og sagde: "Fatkov!" Jack spurgte professoren, om det var en, han kendte. "Ja," svarede han, "vi har arbejdet sammen engang." Jack var glad for, at de havde skilt sig af med maskinen, inden mændene dukkede op. Professoren sagde: "Det var bare noget, som doktor Morris troede. At jeg fortsatte med at bygge videre, derfra hvor Fatkov og jeg stoppede, efter projektet blev nedlagt." Der var ingen at mændene, som så overbeviste ud, men Jack var mere bekymret over Reynora og hendes far, så han rejste sig op og var på vej ned i kælderen, da han blev stoppet igen. Jack var tog hårdt fat i mandens hånd. De to mænd, som stod bag bossen, tog deres våben frem, så professoren rejste sig hurtigt op og sagde, at alle skulle bare tage det roligt, der var ikke noget at komme efter her. "I er desværre blevet fejlinformeret." Jack skubbede mandens hånd væk. Bossen rejste sig op og sagde, at de ikke troede et ord af, hvad de sagde, men at kun tiden ville vise, hvem der havde ret, og hvem der tog fejl. Så rykkede han hovedet til siden som tegn til hans folk om, at de skulle gå nu. Jack skyndte sig ned i kælderen, efter de var gået, for at se, om der var sket noget med Reynora og hendes far. Heldigvis havde de gemt sig i det hemmelige rum, som professoren havde bygget til tidsmaskinen har. Reynora var helt rystet og bange, så Jack holdt om hende og sagde, at alt var okay nu. Efter han havde sikret sig, at de var i god behold, satte han sig ud i bilen, men professoren stoppede ham og spurgte, hvor han var på vej hen. Jack svarede blot, at nu ville han få det her overstået en gang for alle, og kørte over til doktor Morris. På vejen kørte han forbi sin lejlighed og hentede sin pistol. Jack var helt oppe i det røde felt, og nu havde han fået nok. Da han kom over til doktor Morris, bankede han hårdt på døren, og i samme sekund doktor Morris åbnede døren, tog Jack hårdt fat i ham og masede ham op ad væggen og sagde, at nu var der kommet russisk mafia eller KGB efter ham, på grund af det, han havde sagt, og hvis han eller professoren fik sådan et besøg igen, så ville han ikke dræbe ham, men han ville komme til at tilbringe resten af sine dage i en rullestol og spise og skide igennem et rør, så han kunne tænke over, hvad han havde rodet sig ud i. Doktor Morris begyndte at græde og sagde, at han blot ville have sin kone tilbage, men Jack sagde, at det ikke kunne lade sig gøre, for der var ingen tidsmaskine længere, så han måtte acceptere, at hun var væk. Derefter kørte Jack tilbage til professorens hus og fortalte ham, hvad han havde gjort, og at for doktor Morris' skyld håbede han, at de aldrig kom til at høre fra ham igen. Resten af aftenen prøvede Jack at trøste Reynora, som stadigvæk var i chok, og lovede hende, at der ikke ville komme til at ske noget med hende, så længe han levede. Jack valgte den aften at sove hos professoren, så de alle sammen var tæt på hinanden. Dagen efter ville Jack blive hos dem, i tilfælde af at nogen dukkede op, men professoren sagde, at det var bedst, han blev, for det var sværere for universitetet at fyre ham end Jack, og at han skulle tage det helt roligt, for de var i sikkerhed, når han var sammen med dem. Jack cyklede på arbejde den morgen, så han ikke havde to biler, hvis nu hans nye bil var klar til at blive hentet. Efter arbejde kom Jack over til professorens hus, men inden han gik ind, så han en mystisk bil, som han ikke havde set holde der før, og da han gik ind for at fortælle professoren, hvad han havde set, fortalte professoren Jack, at han godt vidste det, men ikke ville skabe uro. Reynora var stadigvæk i chok efter i går. Jack foreslog at ringe efter politiet, men professoren var ikke meget for det, for sidste gang de gjorde det, blev det hele kun værre. Jack håbede på, at han og Reynora kunne bruge lidt alene tid sammen, men det måtte han vente med til en anden dag, så de brugte resten af dagen og aftenen indendørs. Jack prøvede at lære hende noget af hans sprog og at spille nogle spil, så hun kunne føle sig mere tryg og ikke være bange mere. Dagen efter cyklede Jack på arbejde, mens professoren igen blev hjemme sammen med Reynora og hendes far. Dagen på arbejde var stille og rolig, og Jack fortsatte sin indsats for at holde på elevernes interesse for faget. Han fik også et opkald fra bilforhandleren om, at hans bil var klar til at blive hentet, og efter dagens arbejde var slut, cyklede han over for at hente sin nye bil. Han var meget spændt på at køre sin første tur i den sammen med Reynora. Da han ankom til professorens hus, kørte han forbi for at kigge sig omkring og se, om den bil, som havde holdt der i går, stadigvæk var der. Efter et par ture op og ned ad gaden kunne han ikke se nogen mistænkelige biler, men da han kørte ind i indkørslen, blev Reynora og hendes far bange, fordi de troede, at det var nogle onde mennesker, som kom efter dem. Professoren grinede og sagde, at det bare var Jack. Derefter gik de ud for at kigge på hans nye bil, men Reynora gik over og slog Jack, mens hun smilede. Professoren grinede og sagde: "Du gjorde dem bange ved at komme i den nye bil uden at fortælle dem om den." Jack krammede Reynora tæt ind til sig og forklarede hende, at han jo havde lovet, at ingen ville gøre hende fortræd, så længe han var i live. De satte sig alle ind i bilen for at køre en tur i den, og da de kom tilbage, fik Jack øje på den mistænkte bil igen. Uden at vække opmærksomhed fortalte han professoren, hvad han havde set. Professoren viste heller ikke, at han var bekymret, og tog Reynora og hendes far ind i huset. Jack blev tilbage og sagde til professoren, at nu ville han altså undersøge sagen. Så kørte han ud igen og rundt om hjørnet og standsede bilen. Han tog sin pistol fra under sædet og gik derefter tilbage på gåben. Da han kom bagfra, lagde han sin hånd på pistolen, mens han listede sig nærmere. Da han bankede på bilruden, kunne han tydeligt se, at det ikke var nogen lokale, men lignede russere. Mændene startede hurtigt bilen og kørte deres vej. Jack løb efter dem, men kunne ikke indhente dem, da de kørte for stærkt. Han skyndte sig at skrive nummerpladen ned, mens han kunne huske den. Derefter gik han tilbage til sin bil, men ventede med at køre tilbage, til han havde fået pulsen ned. Da han kom ind i huset, var de i gang med at lave mad, og Jack sagde ikke meget andet end, at han havde taget sig at det. Da var det, at professoren begyndte at blive bekymret og sagde, at de måtte finde en måde at løse det på. Reynora kom ind fra køkkenet og holdt om ham. Jack gjorde alt, hvad han kunne, for at virke glad, og som om alt var normalt, så hun ikke blev bekymret. Derefter sad de ned og spiste, og aftenen var meget anspændt. Jack og professoren prøvede at holde det i sig, så Reynora og hendes far ikke fattede mistanke. Nu var det heldigvis snart weekend, og så kunne Jack bruge al sin tid sammen med hende for at beskytte hende, hvis nogen prøvede på noget. Da torsdagen kom, sad Jack og professoren og prøvede at finde en løsning på det her. Professoren kom med et forslag om, at Reynora og hendes far kunne bo i professorens sommerhus, ind til alt var faldet til ro. Men Jack var imod den idé, for hvis der skulle ske dem noget, så var de for langt væk. Professoren sagde, at han havde noget ferie til gode, så den kunne han bruge nu og tage med dem derop. Jack kunne godt se, at det ville være mere sikkert for dem deroppe end her, han ville bare sikre sig, at ingen fulgte efter dem på vej derop. Professoren skulle derfor køre en anden vej først, og så ville Jack køre en anden vej for at se, om nogen fulgte efter ham. Derefter skulle de mødes ved den vej, som førte til sommerhuset, men på vejen derop ville Jack køre et par biler bag professoren og bytte plads, så professoren kørte et par biler bag ham for at se, om nogen fulgte efter ham. Men hvis nu nogen havde sat en sporing på nogen af bilerne, skulle de finde nogle andre biler at køre i. Forbryderne ville stadigvæk kunne finde dem med lejebiler, så Jack kom med et andet forslag, og det var, at de kørte ind i hinanden, og så kunne de få en lånebil fra et værksted, mens deres biler var til reparation. Så kunne de køre i lånebilerne, og så skulle de hentes et sted, hvor der var mange mennesker, så de ikke var nemme at få øje på. Jack og professoren gik ud i hver sin bil, og selvom Jack ikke var meget for at ødelægge sin nye bil, så tænkte han, at det var det værd for at få Reynora og hendes far i sikkerhed. Jack kørte langsomt ind i professorens bil, ind til der kom en lille bule i den, og så kørte de over til værkstedet for at sikre sig, at de havde lånebiler til dem. Dagen efter skulle Jack og professoren mødes ovre på værksted for at aflevere deres biler og hente lånebilerne og efterlade deres egne biler derover. Bagefter kørte de hver sin vej, sådan som de havde planlagt, og heldigvis kunne de ikke se nogen følge efter dem. Da de kom over til professorens sommerhus, var der en meget smuk natur med grønne skove, og det var lige præcis sådan et sted, Jack kunne bruge til at komme væk fra byen og være sammen med Reynora. Hele weekenden slappede de af og nød det smukke natur sammen. Jack var nødt til at ringe til sine forældre og fortælle dem, at han ikke kunne være sammen med dem denne søndag. De hyggede og morede sig så meget, at weekenden gik stærkt, og inden de så sig om, var det mandag, og Jack skulle på arbejde. Nu ville der gå rigtig lang tid, før han skulle se dem igen, men de var i det mindste i sikkerhed. Jack kørte fra sommerhuset og direkte på arbejde, og der var ikke andet for, end at få ugen til at gå hurtigt, så han kunne tage op og være sammen med dem. I mellemtiden prøvede han at finde en anden måde at komme op til sommerhuset på, fordi bilen nok blev færdig i løbet af ugen. Jack spurgte sin bror James, om han kunne låne en af deres biler på fredag. Midt på ugen ringede værkstedet og sagde, at bilerne var færdige og var klar til at blive afhentet, så profes-

soren var nødt til at efterlade Reynora og hendes far alene, og
kom ned for at hente sin bil. Så kunne han også se til sit hus, nu
når han alligevel var her. Men professoren var nødt til at finde
en anden måde at komme tilbage på, uden at nogen fulgte efter
ham, så han var nødt til at tage toget derop. Da fredagen kom,
var Jack nødt til at tage med offentlig transport over til sin bror
for at låne hans bil, og derefter kørte han op til sommerhuset.
Men han holdt hele tiden øje med, om nogen fulgte efter ham.
Da han kom derop, var Reynora og Jack utroligt glade for at se
hinanden, og de brugte al den tid, de kunne, sammen. Lørdag
morgen da Jack og Reynora kørte ud for at købe ind, fik Jack øje
på en bil, som så mistænksom ud. Da de kom tilbage fra at
handle, var bilen stadigvæk efter dem. Jack løb ind til professo-
ren og fortalte ham om bilen. Jack tog sin pistol frem og gik ud
for at undersøge bilen, men da han kom derover, var der to i
bilen, så Jack skyndte sig tilbage og fortalte, at de skulle væk
herfra i en fart. De begyndte alle sammen at pakke deres ting,
men det var for sent. De to biler var allerede kommet ind på
deres grund. De satte sig ind i bilerne og kørte i meget høj fart
forbi de to fremmede biler. De to biler vendte om og kørte efter
dem og begyndte at jagte dem. Jack gjorde alt, hvad han kunne,
for at slippe af med forfølgerne, men da han så Reynoras frygt,
var det nok for ham. Ingen skulle gøre dem fortræd, så han fik
et lille forspring og satte sine passagerer af. Så kørte han tilbage
imod de to biler. Da han så den første af de to biler komme kø-
rende imod ham, rullede han vinduet ned og tog sin pistol og
skød på dem. Den første bil kunne ikke gøre noget, da de ikke
var forberedt, men den anden bil kunne godt begynde at skyde
tilbage. Jack kunne ikke gøre andet end at prøve at ramme den
anden bils dæk, men den første bil lavede en håndbremsevend-
ding og skulle til at køre efter jack, og den anden bil skulle til at
lave det samme. Jack ville bare ramme de dæk og håbe på, at
bilen kørte galt, så han lavede også en håndbremse-vending, så
han hele tiden havde den anden bil på sin side, mens han skød

på bilens dæk. Jack fik endelig ram på den anden bils dæk, så den mistede kontrollen, mens den lavede en håndbremse-vending, og begyndte at rulle rundt og ind i den anden bil. Jack stoppede op og gik over til bilerne for at sikre sig, at forbryderne var døde, men det behøvede han ikke, for få sekunder efter sprang begge biler i luften, da benzintankene blev utætte og ramte en gnist. Politiet og brandvæsenet kom og afhørte Jack om, hvad der var sket, men han sagde, at han ikke kendte noget til det. Jack kørte tilbage til de andre og hentede dem, og så kørte de til sommerhuset for at nyde resten af weekenden. To CIA-agenter kom over til professorens sommerhus samme dag og sagde, at de ikke kunne få det hele til at hænge sammen, men de var bare glade for, at de KGB-folk, som de havde jagtet i mange år, nu var væk. Om søndagen kørte professoren og Reynoras far hjem, mens Jack og Reynora kørte over til Jacks familie og præsenterede Reynora for hans familie. Alle blev glade på Jacks vegne over, at han havde fundet sin drømmepige, og som han havde sagt til sin bror engang, var hun fra en anden verden, bogstaveligt talt. Jack fik en god karriere på sit arbejde og fik sig en kone, som han kunne blive lykkelig sammen med, resten af sit liv. Nu så han verden og universet på en helt anden måde og undrede sig over, hvad der ellers var ude i universet, som ingen i deres vildeste fantasi kunne forestille sig.